ベリーズ文庫

身代わりとして隣国の王弟殿下に嫁いだら、即バレしたのに処刑どころか溺愛されています

Yabe

JN250331

STARTS
スターツ出版株式会社

目次

イリアム国王の弟
エドワード
王弟でありながら
騎士団長として軍を率いる武闘派。
結婚なんて面倒だと思っていたが、
サーヤを一目見た時から惹かれてしまい、
からかいつつも溺愛が止まらない…!
身代わり王女
サーヤ（月森さや香）
普通の女子高生だったが、転生したら
サンザラ王国の王女と激似という理由で
身代わり役に大抜擢!
恋愛経験ゼロなのに、結婚なんて
できるのか不安でいっぱいで…。

身代わりとして隣国の王弟殿下に嫁いだら、即バレしたのに処刑どころか溺愛されています

サンザラ王国

緑に囲まれた長閑な国でイリアム王国の隣に位置する。
サンザラ国民は争いよりも平和を好む人が多いが、
常に他国から侵略されそうになっている小国。
なので、イリアム王国と友好関係を結ぶため王女を嫁がせることにした。

サンザラ王国の王女
ソフィア
知らない者は
いないほどの美姫。
イリアム王国に向かう
道中で何者かに
連れ去られてしまう。

サンザラ王国の宰相補佐
イアン
サーヤをソフィア王女の
身代わりにしようと計画する。
結婚に向けて二国間の
調整役となっているが、
ちょっとだけ楽観的な部分がある。

サンザラ王国の侍女
ダーラ
ソフィア付きの侍女だったが、
サーヤの身の回りのお世話を
担当することになる。
いつでも一生懸命で
あまり人を疑わない性格。

イリアム王国

大陸一の大国で、海にも面する王都はとても栄えている。
サンザラ王国を挟んだ先の敵国ドルガへ牽制するために
エドワードとソフィアの結婚を決めた。

イリアム国王
エリオット
エドワードの腹違いの兄。
物腰は柔らかだが、
切れ者で国民を大切にしている。
両親亡き後、
エドワードの良き理解者。

騎士団の副団長
バーンハルド
エドワードの右腕で、
仕事を抜け出してサーヤの元に
行く彼を連れ戻す役目。
若干手を焼いているが、
エドワードに忠誠を誓っている。

城の森にいる白猫
ユキ
サーヤが異世界に来る
きっかけになった
不思議な力を持つ猫。
基本的には塩対応だが、
サーヤの歌が大好き。

身代わりとして隣国の王弟殿下に嫁いだら、
即バレしたのに処刑どころか溺愛されています

ああ……無情

「金城《かねしろ》先生、寝てるんですかー？」

時間になって来てみれば、タブレットを片手に目を閉じる先生の姿があった。

「あれ、月森《つきもり》。どうしたんだ？」

「もう、レッスンの時間ですよ。それ、去年のコンクールの映像ですよね？」

先生の手元を覗《のぞ》き込みながら尋ねる。画面には、明るい黄色のドレスを着て歌う私の姿が映し出されていた。

この時は化粧をして随分大人っぽく見えるが、実際の私は真逆だ。ぱっちりとした二重瞼《まぶた》にくりくりとした大きな目はわずかに垂れ気味で、苺《いちご》のように赤く色づいた唇が特徴的な自分の顔は、どう見ても幼い。友人らは『かわいい』と言ってくれるが、私が目指したいのは大人の女性だ。

邪魔な横の髪を、後ろへ払う。背中の中ほどまで伸ばした黒髪は、湿気の多い梅雨の時期はまとめるのも難しく、手入れもひと苦労だ。短く切ってしまえば楽なのはわかっているが、コンクールや発表の場でドレスに合わせて結ってもらうのが好きで我慢している。

それに、背がそれほど高くないのがコンプレックスで、舞台上で少しでも大きく見せるために髪型を豪華にしたいという密かな理由もある。

「ああ、そうそう。俺はこの、月森の歌うアリアがお気に入りなんだよ」

最優秀賞こそ逃してしまったが、優秀賞を受賞した時のもので、先生にそう言ってもらえるとますます自信になる。

月森さや香《か》、十七歳。都内の高校の音楽科に在籍し、声楽を学んでいる。将来の夢は、世界を飛び回る声楽家だ。そのために、五教科の勉強は少々そっちのけにしつつ、一日の大半をレッスンに費やしている。

金城先生との出会いは、中学二年生の頃に出場した声楽コンクールにまで遡《さかのぼ》る。特別審査員として招待されていた先生が、私に可能性を感じたと直々に声をかけてくれたのだ。

調べてみたら、先生は表現の指導に定評があり、三十代の若さで某有名音大の教授に就任するほどの実力者だと知って驚いた。週に二日ほど、自身が目をかけている生徒の指導をするために、こうして高校まで足を運んでいる。

先生に『俺のところへ来ないか』と誘われた私は、高校入学と同時に静岡《しずおか》の実家を出て、単身で上京した。

「月森、今週末はまた慰問か？」

「そうです。『ひまわり』と、小児科に行ってきます」

　ひまわりとは入居型の老人ホームで、その隣にある総合病院の関連施設になる。学校からほど近いところにあり、ひまわりを訪れる時は病院内の小児病棟にも足を運んでいる。

　人前に立つのは、その規模にかかわらず貴重な経験だ。声楽家になるには場慣れする必要性を感じて、休みの日はいくつかの施設で慰問活動をするようになった。もちろん、そこで披露するのは本格的なオペラではなくて、手遊び歌だったり、童謡だったりする。これが意外と楽しいし、たくさんの笑顔に触れられてやりがいがある。

「そうなんだよなあ」

「先生、ひとりで納得されてもわからないですって。レッスンではあんなにいろいろ言ってくれるのに、普段はまったく違うんだから。圧倒的に言葉が足りてないですって。もう少しわかるように、話してくださいよ」

　指導中は少々意味不明な言葉も飛び出すが、全身で伝えようと語彙数が格段に増える。それなのに、日常会話となるとこれだ。

先生との付き合いも一年以上になり、指導力は間違いないと肌で感じている。

それ以外の面がルーズなのは気になるところだが、生徒にもフレンドリーに接するため人気は高い。

そんな先生に対しては、私もつい口調が砕けてしまう。これまで一度も咎《とが》められなかったのだから、許容しているのだろう。

私のちょっとした苦情に、椅子の背もたれにだらしなく体を預けたまま肩を竦《すく》める。

「月森の声はさあ、大ホールでも通用する。かと思えば、ちょっと隣で自分のためだけに歌ってほしくなる声でもあるんだよなあ」

要領を得ない話に、首を傾《かし》げる。

「癒しなのか、慰めなのか。いや、元気づけっていうのか……うーん、聴いている方は、その時に欲しいもんがもらえた気になるんだよなあ、月森の声は」

とりあえず、褒められているということだけはわかったが、言葉数が増えても、残念ながらいまいち掴《つか》みきれなかった。

「つまりな、俺がこうして月森のアリアを聴いているのは、疲れてるってことだ」

「とりあえず、お疲れ様です」

よくわからないものの、いつもお世話になっているのだからねぎらいの言葉くらいはかける。

ただ、私の知っている金城先生は、毎日割と自由に過ごしている気がする。きっと仕事疲れというよりも飲みすぎによる不調だと思うのは、あながち間違いじゃないはずだ。

「月森の側に、そんな意図はないんだろうけどなあ。とにかく、月森の声は魅力的なんだよ」

「ありがとうございます！」

声楽の指導者として権威のある金城先生からの〝明確な〟褒め言葉となれば、プロを目指す者にしたら喜びはひとしおだ。嬉しさに、口元が緩《ゆる》んだ。

ピアノの横に立てられた譜面台に今取り組んでいる曲の楽譜を置くと、気怠《だる》そうにしている先生の背を押してレッスンの準備をした。


週末の今日、予定通り十四時に総合病院の小児科へ行き、十五時半にはその横のひまわりで歌を披露してきた。

どちらも学校の教室程度のスペースが会場となり、客席は私のすぐ目の前だ。互いの表情がよく見えて、反応がすぐに返ってくるからすごく楽しい。

私が歌うことで気分転換になったり、元気づけられていたりすると嬉《うれ》しい。そんな気持ちを込めて、慰問を続けている。

二カ所の訪問を終えた頃には日が傾き、西の空が茜《あかね》色に染まっていた。

「はあ。今日も楽しかった」

自宅の最寄駅で電車を降りると、足取りも軽く歩き出す。

都内といっても都心からは離れているため、この辺りは随分と長閑《のどか》な地域だ。鼻歌混じりで歩いていても、聞かれるような距離に人はいない。車道も片側一車線しかないし、交通量もラッシュ時を除けばさほど多くなく、ここが東京《とうきょう》だと忘れてしまいそうになる。

「夕飯、どうしようかなあ」

上京したすぐの頃は週に一度は母が来てくれて、料理を教えつつ作り置きのおかずを残していってくれた。

けれど、年老いた祖母を置いてくるのが難しくなって、最近では完全に自力で自炊している。それなりに慣れてきたし、ネットを使えば作り方もすぐに調べられるから、今のところ困ってはいない。

冷蔵庫の中の食材を思い浮かべながら、家路を急ぐ。

それにしても夕日が眩《まぶ》しい。目を細めながら、左手を額の高さに掲げて影を作ったその時、視界の端に真っ白ななにかを捉えた。

「あっ、猫‼」

道を渡りたいのだろうか？　歩道のふちで及び腰になっていた猫の視線は、車道を渡った先に注がれている。

「猫ちゃん、あきらめなって。ここを渡るのは危ないから」

少し先に大きなカーブがあるせいで見通しが悪い上に、今は西日が差し込む一番危険な時間帯だ。渡るなんて無謀すぎる。

今にも車道に踏み出そうとするその猫をなんとか止めたくて、驚かせないようにそろりと近付く。

もうあと一歩というところで、突然大きなクラクションが鳴り響き、思わず足を止めた。

おそらく猫が視界に入った運転手が、牽制《けんせい》するために鳴らしたのだろう。けれど、それは逆効果だった。驚いた猫は、思わずといった調子で車道に飛び出してしまう。

まさかそんな行動に出るとは想像していなかったのか、車のスピードはほとんど落ちていない。

こういう場合、猫は勢いで飛び出した後、恐怖で足が竦むのか途中で引き返してしまうのだと、田舎で暮らす祖母がよく言っていた。駆け抜ければ助かるかもしれないが、一度スピードが落ちれば轢《ひ》かれてしまいかねない。

「危ない！」

悲惨な場面を想像したら、躊躇《ちゅうちょ》する暇なんてない。「助けなきゃ！」と頭で考えるよりも早く動き出して、必死に腕を伸ばした。

再び鳴らされた長いクラクションが、もう間に合わないと私に警告してくる。それはまるで、悲鳴のようにも聞こえた。

案の定、猫は驚いて引き返そうとする。それをなんとか届いた手で強引に抱き寄せると、自分の腕の中に閉じ込めた。

車はすぐそこまで近付いており、迫りくる恐怖に瞼をきつく閉じて体を縮こませる。直後に息が詰まるほどの衝撃に襲われて、酸素を求めるように口をはくはくさせたが、苦しさはどんどん増していく。

そこまでは確実に覚えているが、あとは曖昧だ。

不安定な体の揺れは、担架に乗せられたからだろうか。

次第に混濁していく意識の中で、とりとめもなく様々なことを考える。

私はこのまま、死ぬのだろうか。

猫はどうなった？

お父さんは？　お母さんは？　おばあちゃんは？

金城先生に、もっといろいろと教えてもらいたかった。

たくさんの人に、私の歌を聴いてもらいたかった。

プロの素晴らしい歌声にもっと触れたかったし、いろんな世界を見たかった。

まだ、なにもかもが足りない。

少しも満足していない。

死が間近に迫った時、それまでの人生の思い出が走馬灯のように駆け抜けていくというけれど、私は違った。

これから訪れるはずだった未来に対する未練を感じながら、意識は完全に遠のいていった。

楽観的すぎやしませんか？

全身に感じるこの不快な揺れは、いったいなんなのか。せっかく気持ちよく寝ていたところを邪魔されて、目を閉じたまま顔をしかめる。

「痛っ」

ひと際大きく揺れてわずかに体が浮き上がったのを感じた直後、頭をぶつけてうめき声をあげた。

「イアン様。今、『痛っ』って……」

「ああ。――大丈夫ですか？」

近くに人がいるようで、控えめに話す男女の声が聞こえてくる。どちらの声も聞き覚えのないものだ。

肩にそっと手を添えられたが、体が重くてすぐに反応を返せない。

「ん……」

そのまま繰り返し揺すられて、徐々に意識が浮上してくる。

睡眠を妨げるのは誰なのか、苦情を言うために瞼を薄っすらと開けた。

でも、チラリと見えた周囲の様子からは自分の置かれた状態がまったく掴めず、文句の言葉はすぐさま引っ込んだ。

「ん？」

さらに無理やり目を開いたところ、見覚えのない空間に一気に覚醒する。

「って、え？」

ガバリと体を起こして、いったいどういう状況なのかと辺りを見回した。

「誰？　ていうか、ここどこ？」

車ではない乗り物に乗せられているのだろうと、ずっと続いている揺れから察する。

どうやら私は、向かい合わせになった木でできた座席の片側に寝かされていたようだ。

正面には、まったく知らない男女が並んで座っている。さっき聞こえた声は、おそらくこのふたりのものだろう。

それにしても、この人たちは随分と様子が変わっている。

女性の方は、私と同じ年頃の少女のようだ。目が大きくてかわいらしい雰囲気なのだが、その髪は真っ赤に染められており、瞳はカラーコンタクトを入れているのかかなり薄い茶色だ。

服装は紺の長袖のワンピースに白いエプロンと、メイド服のようなものを身につけている。

男性の方は四十代くらいだろうか。少女がメイドなら、この人はまさしく執事だ。首の上の方で小さく折り返した白いシャツの上に、燕尾《えんび》服のような黒くて少し長めのジャケットを羽織っている。下はそろいのスラックスだ。

そんな一見真面目な服装だというのに、その髪は深緑に染められ、瞳はそれを少し薄めた色合いをしている。

なにからなにまでちぐはぐで、無遠慮に見てしまう。

私の問いかけに対する答えはなく、ふたりはこちらをチラチラと見ながら小声でやり取りを始めた。

それにしても、揺れが激しい乗り物だ。頭に敷かれていたクッションを腰に当てて、ふたりと向き合うように座り直す。

この広さからすると、おそらく四人乗りだろう。私の左手側は乗り口になっており、右手にはカーテンのついた窓がある。ぎりぎり人がくぐれそうな大きさだ。

目の前のふたりの背後も一面が窓になっているようだか、今はカーテンが閉められているため、その先がどうなっているのかはわからない。

複数用意されているクッションもカーテンもレースがふんだんに使われており、高級感に溢れている。よく見れば内装も随分凝っているようで、窓枠には綺麗《きれい》な彫刻が施されている。

耳を澄ますと、外からパッカパッカとリズミカルな音が聞こえてきた。

まさかと思い至って、その音の正体を確かめようと窓を開けて身を乗り出す。

「危ない‼」

男性が鋭い声をあげたと同時に、勢いよく腕を引かれてバランスを崩す。そのままドサリともといた場所に倒れ込んだ。

雑な扱いだったが、直後に襲われたひと際大きな揺れに、下手をしたら外に放り出されていたかもしれないとぞっとする。

「ご、ごめんなさい」

恐怖に襲われて、若干震える声で謝罪をした。

しばらくして落ち着いてくると、先ほど見た窓の外の光景を思い出して鼓動が速くなる。

「なに、この乗り物……」

音から想像した通り、前方にチラッと見えたのは馬だった。馬が引く乗り物といったら、ひとつしか浮かばない。

しかも、四頭立てという豪華さを見逃していない。さらにその前方には、騎乗した人間が何人かいた。聞こえてくる騒音からすると、背後から追走しているのも間違いない。

「馬車も知らないのですか？」

若干呆《あき》れた様子の男性に、視線を向ける。

「やっぱり！　で、でもなんで？」

思った通りだ。けれど、日本でこんな風に馬車が堂々と走っている場面なんて、そうそうお目にかかれないはず。

置かれた状況に理解が追いつかず、顔を俯《うつむ》かせて今に至るまでを必死に思い出す。

ざっと自身を見たところ、身につけているのは高校の制服でおかしなところはなさそうだ。それを確認すると、目を閉じてさらに記憶をたどっていく。

そうだ、ひまわりと小児科で歌を披露していたはず。その帰り道に、車道へ飛び出そうとしている猫に遭遇したのよ。

車に轢かれそうだったところを、助けようととっさに駆け出して……。

「私、死んじゃったの？」

三途《さんず》の川も綺麗なお花畑も見ていないけれど、違和感しかないこの様子は、ここが現実世界ではないからか。馬車に乗せられているなんて到底あり得ない状況も、天国に向かっていると言われれば納得できないこともない。

「嫌だ。まだ死にたくなんてない！」

「し、静かに。死んだなんて、縁起でもない」

「す、すいません」

男性にジロッと睨《にら》まれて、とっさに口元を押さえた。そんな注意をされるくらいだ、まだ死んではいないらしいとホッとしかけたが、ちょっと待ってと気を引きしめる。見知らぬ人間と密室に閉じ込められているなんて、危険ではないだろうか。もしかして誘拐とか犯罪の類かもしれないと、恐る恐る様子をうかがう。

目の前に座るふたりは、いかにも人がよさそうな人相をしている。死を縁起でもないと言うあたりにも、それを感じた。

「気分が悪いとか、どこかが痛いとかはございませんか？」

こんな風に見ず知らずの私を気遣う少女が、悪人だとは思えない。

警戒はされているようだが口調は丁寧で、この後私を犯罪に巻き込むような気配は微塵《みじん》も感じない。

パニックに襲われてもおかしくないのに、あまりにも現実味が薄くて今の私は意外と冷静だ、と思う。

首を軽く回し、手をグーパーさせながら体の調子を確かめていく。

「大丈夫そうです」

車に轢かれた記憶はあるのに、痛みはまったくない。

腕をまくっても、制服のスカートから覗く足を見ても、外傷は見当たらない。

事故に遭ったにもかかわらず傷ひとつないのは、やはり死んでしまったからだろうか？と、同じ疑問がぶり返す。

「えっと……行き先は、天国ですか？　地獄に送られるような悪事を働いた覚えはないですけど」

上目遣いにふたりをうかがい見る。

「天国？」

困惑した少女が、小声で呟《つぶや》いた。

「やはり、頭でも打っているのかもしれない」

訝《いぶか》しげな男性の口調に、私の発言はそんなにもおかしかったのだろうかと悩む。

確かに事故で頭を打っている可能性はあるが、それにしてもなんだか話が噛《か》み合っていない。

「あ、あの、この馬車は今、どこへ向かってるんですか？」

埒《らち》があかないと、質問の角度を変えてみた。

「今夜泊まる宿です」

「宿？」

病院ではないのかと、ますます意味がわからなくなる。

「もう少し、詳しく教えてください」

ここは下手《したて》に出ておくべきだろう。とにかく目の前のふたりから少しでも情報を引き出して、状況を把握しておきたい。

「この馬車の最終目的地は、イリアム王国です」

それはどこだと、聞き覚えのない国名にぽかんとする。そもそも、〝王国〟とつく国がそれほどあっただろうか。

声楽ばかりに時間も気力も使っていたから、世界地図を思い浮かべても主要な国名しか思い出せない。

「詳細は、宿に着いたら説明します」

確かに、この揺れの中で聞いても頭に入ってきそうにもない。

ふうと小さく息を吐き出して頭の中を巡る疑問にひとまず蓋をすると、流れていく景色に目を向けた。

この空の感じだと、夕方くらいだろうか?

さっきは馬に驚いて周りを見る余裕がなかったが、こうして落ち着いて眺めると随分様子がおかしい。

まず、車を見かけない。道だってアスファルトではなくて、剥《む》き出しの地面だ。この不快な揺れは、舗装されていないせいだろう。

時折目にする建物は、レンガとか石造りのように見える。もちろん、背の高いビルなんてどこにも見当たらない。

これまでの常識とかけ離れた光景に、やはり自分は死んだのかもしれないとますます確信が深まるのに、現実味がなくて今のところ恐怖心や不安感は湧いてこない。

死後の世界とはこういうものなのだろうかと考えていると、不意に揺れが止まる。

「降りますよ」

どうやら目的地に到着したらしい。

男性の手を借りながら馬車から降りると、目の前には道中で目にしたよりも格段に大きくて、豪華なレンガ造りの建物があった。

「これを」

言うが早いか、同乗していた男性がサッと長めのポンチョを私にかけた。すかさず少女が、首元の紐《ひも》を縛って整えてくれる。

「あなたの服装は、いささか異質すぎます。隠しておいてください」

小声で言う男性の意図が理解できず、ポンチョをめくろうとすると慌てて止められた。特におかしいところはないのに、〝異質〟と言うからには周りに馴染《なじ》んでいないのだろう。

「今夜は、ダーラと同じ部屋に泊まっていただきます。私と他の者は、近くの部屋にいますから」

同乗していた少女は、ダーラというらしい。名前を知っただけでも幾分か親しみが増してくるが、ダーラの方は違ったようで不安そうだ。

どうやら、前後を走っていたのもこの人たちの仲間だったようだ。背後の馬車から降りてきた数名の女性は全員ダーラと同じ服を纏《まと》っており、てきぱきと荷物を運び出している。

単騎で走っていたのはがっちりとした体つきの男性ばかりで、武装している姿からすると護衛のような立場かもしれない。私の常識ではあり得ないその存在に、混乱を極める。

多数の目がチラチラと私の様子をうかがってくるから、ひたすら落ち着かない。

「とりあえず、ふたりの部屋で状況を説明します」

チェックインのような手続きは他の誰かが済ませたようで、私は特になにもしないまま明るさを絞った薄暗い通路を進んでいく。

いくつかの角を曲がったところで、ようやく先頭を歩く男性の足が止まった。どうやらここが、今晩泊まる部屋なのだろう。

木の扉を開けて中に入る男性に私とダーラも続くと、そこは応接スペースなのか、テーブルを挟んでソファーが置かれていた。さらに奥にも別の部屋があるようだが、今は案内するつもりはないらしい。

室内に暖炉を見つけて、絵本に出てくるような素敵な造りだと感動する。ただ、よくよく見てみるとどうやらお飾りではないらしく、明らかに使用している雰囲気に困惑した。

ここが宿屋だとしたら、暖房器具が暖炉だなんておかしい。きちんと使いこなせる客ばかりではないはずだ。当然私も、使用方法なんてさっぱりわからない。

促されるまま腰を下ろすと、ふたりも向かいの席に着いた。

「私はイアンと申します。あなたは……」

どんな話を聞かされるのかと、言い淀《よど》む男性をジッと見つめる。

「何者ですか？」

説明してくれるのではなったのかと、拍子抜けして心の中で膝から崩れ落ちた。

なんて答えればよいのかわからずにいると、男性がさらに質問を重ねてくる。

「あんな場所で倒れていたのですし、なにがあったんですか？」

「私、倒れていたんですか？」

やはり、事故に遭ったのは現実だったのか。

「ええ。道の脇に。息はありましたので、保護しました」

その物言いに、ギョッとする。死んでいたら放置されていたのかもしれない。

「そ、それは、ありがとうございます」

道の脇といっても、猫を助けた場所ではないとさすがに察している。この見慣れない国の道の脇なのだろう。

「私の名前は、月森さや香っていいます」

イアンも名乗ったのだからと、私も同じように告げる。

「歳《とし》はいくつですか？　出身地は？　ご家族は？」

突然前のめりになり、矢継ぎ早に尋ねてくるその勢いに押されて体をのけ反らせた。

私の情報は、そこまで迫って聞くほど重要なのだろうか。

「と、歳は十七歳です」

ひとつ目の質問に答えると、ふたりは目を合わせて「同じだ」と安堵《あんど》したよう頷《うなず》き合う。

「出身は日本で……」

「日本？」

眉間にしわを寄せて考え込んでしまったイアンを見ながら、さらに続ける。

「家族は両親と祖母がいます」

最後の答えは、もはや聞こえていなかったかもしれない。〝日本〟のところで戸惑いを見せたふたりは、険しい表情のまま沈黙している。

「さっき、倒れていたって言ってましたけど、私、確か猫が轢かれそうになっていたところを助けたんです。とっさに飛び出しちゃったから、通りかかった車にぶつかってしまって。それで、気が付いたらあの馬車の中でした」

「車？」

「はい。車です」

「なんですかそれは？」

冗談でも言っているのかと思ったが、彼にふざけた様子はいっさいない。

改めて、室内を眺めてみる。

外観がレンガ造りとはいえ、その室内まで剥き出しのレンガなんてことがあるだろうか？　テーマパークならともかく、普通なら内装は壁紙でそれらしく見せるものではないか。これでは、生活をするのにいろいろと不都合が出てきそうだ。

それに、このふたりの服装はやはりおかしい。他の同行者だってそうだ。仮装パーティーの参加者やどこかの店員でもない限り、こんな格好で出歩きはしない。

「車は、馬は使わないけど使用する目的は同じで、人や物を乗せて移動させるものです。それより、ここが天国じゃないのなら、いったいどこなんですか？」

やはり私はからかわれているのだろうかと疑心暗鬼になりながら、それでも聞かれた質問に答えていく。

「とりあえずあなたは亡くなってはいませんので、そう天国を連呼しないでください。念のため、後で医者を呼びましょう」

頭の打ちどころが悪かったとでも思われているのかもしれない。でも、私にとっておかしいのはこの人たちの方だ。

「ねえ、ちゃんと教えてください。あなた方は誰なんですか？」

なにもわからないままでは、不安で仕方がない。まずはここから知らないと。

「先ほども名乗った通り、私の名はイアンと申します。サンザラ王国の宰相補佐を務めております。こちらは侍女のダーラです」

〝じじょ〟、ですか。まさか、次女じゃないだろう。それに、宰相補佐ってなんだろうか。

聞き慣れない単語に、ますます混乱を極めるばかりだ。

もっと詳しく教えてほしいと、視線で訴える。

「私たちは数日前、祖国であるサンザラ王国の城を出発しました」

居住まいを正して語り出すイアンにつられて、私も背筋を伸ばす。ひと言も聞き漏らさないようにしっかりと耳を傾けていたが、早々に〝城〟という単語に引っかかる。

それに、また知らない国名が加わったと頭を抱えたくなった。

「ここはまだ、サンザラ国内です。目的地は隣国のイリアム王国。明日には国境を越えて、入国する予定です」

いくら地理に明るくない私でも、なんとなくわかってきた。これは私の知っている世界ではなさそうだと。

もしかして、神隠しにでもあったのかもしれない。異次元とか、異世界とか……。

「月森さや香様、とおっしゃいましたね？」

「えっ、あっ、はい。そうです。さや香とでも呼んでください」

「それではさや香様。さや香様には、私たちと一緒に来ていただきます」

「え？」

置いていかれても困るけど、連れていかれる理由もわからない。

「どうしてですか？」

誰も信用できない中、目的くらい把握していないととにかく不安だ。

私の問いに、イアンは笑顔をキープしつつ口元を引きつらせた。なにか、やましいことでもあるのかもしれない。

「それは……」

よほど言いづらい話なのか、無言になるイアンに不信感が募る。

視線を彷徨《さまよ》わせていた彼は、やがて覚悟を決めたようにまっすぐに私を見つめた。

「さや香様には、ソフィア王女に扮《ふん》してイリアム王国の王弟殿下であられるイズール・デ・エドワード様と結婚していただきたいからです」

「……は？」

なんだか、聞き慣れない横文字の名前が出てきた。加えて、無視できない単語も混じっていた気がする。

「けっ、結婚⁉」

ハッとして思わず大きな声をあげた私を、イアンが厳しい目つきで咎めた。

でも、こんな突拍子もない話に黙っていられるはずがない。

「とにかく、こちらの事情を聞いてもらいましょう」

私の抗議を遮るように、素早くイアンが口を挟む。

説明されても、同意はできない。首をぶんぶんと横に振って拒否する私に、イアンが強引に詳細を話し始めた。

「私たちの国サンザラと、イリアム王国は隣接しております。関係はそこそこ良好ですが、万全なものではありません。イリアムは、大陸一の大国。対するサンザラは、国土も狭くてとても武力で敵《かな》う相手ではありません」

特に悔しがるでもなく淡々としたイアンの口調に、なんとか話を聞ける程度には落ち着いてくる。

「サンザラは、緑に囲まれた長閑な国です。人々は、争いよりも平和を好みます。ですが、近隣の国々は我々を放っておいてはくれません。サンザラは常に他国からの侵略に脅かされ続けています。残念ながら、武力に乏しい平和主義の小国では、一度侵略されたらひとたまりもありません」

力は弱くても、きっとよい国なのだろう。馬車から見た風景は、イアンの言う通りのんびりとした雰囲気だった。

「そこで、二国間の協力関係を強めるために、我がサンザラ王国の王女、フローレス・オブ・ソフィア様と、イリアムの王弟殿下、イズール・デ・エドワード様との結婚が決まったのです。イリアム側としても、サンザラを挟む敵国ドルガへの牽制にもなるため、お互いに利害は一致しています」

物語でも聞かされている気分になりかけていたが、ちょっと待ってほしい。ふたりの結婚の重要性はなんとかわかった。確かさっき、私がそのソフィア王女に扮してとか言ってなかっただろうか。

「と、ところで、その肝心なソフィア王女っていうのはどこに?」

途端に顔を歪《ゆが》めるイアンとダーラの様子に、私の中に不安が広がっていく。

「それが、ソフィア様は道中で何者かに襲われて、連れ去られてしまいました」

「ええ⁉」

「お静かに‼ これは極秘事項なんです。同行している者には緘口《かんこう》令を敷きましたが、他に知られては大変まずい話です」

慌てて口を閉じて、コクコクと頷く。

「今、騎士たちが行方を追っています」

見ず知らずの王女様ではあるが、穏やかでない事態に心中で身を案じる。

それにしても、本人が不在だというのに、この人たちはなぜそのまま隣国を目指しているのだろうか。それを尋ねると、ふたりとも途端に表情を強張《こわば》らせた。

「ソフィア様とエドワード様の結婚は、国と国との取り決めです。よって、なにがあっても覆すことはできません」

「はあ」

はぐらかすような返答に、胡乱《うろん》げな視線を向ける。

言うならば、政略結婚か。縁のなさすぎる話に、いまいちピンとこない。

「もし、我が国の都合でその取り決めを反故《ほご》にしようものならば、イリアムの後ろ盾がなくなってしまいます。それどころか、逆に攻め入られかねない。だから、なにがあろうとも、ソフィア様にはエドワード様に嫁いでいただかなくてはならないのです」

スケールの大きすぎる話に気後れしそうだ。とにかく大変なのだろうと、他人事《ひとごと》のように捉える。

田舎育ちの私は、周りの人曰《いわ》く、少々のんびりしすぎているらしい。あまり動じない性格は、度胸が据わっているとも言われた。

突然わけのわからない世界に迷い込んだというのに、意外と落ち着いている自分に驚いている。もっとも、今は神経が麻痺《まひ》しているだけで、後からパニックに陥る可能性もあるのだけれど。

「ソフィア様が連れ去られたとしても、我々はイリアムを目指さねばならないのです」

「でも、そのソフィア様本人がいなかったら、どうしようもないですよね」

「……もしかしたら、途中で救出されたソフィア様と、合流できるかもしれない」

それはさすがに、楽観的すぎだ。

「合流、できなかったら？」

つい興味本位で尋ねてしまう。

さっきイアン本人が教えてくれたように、どうやらサンザラの人間が平和主義だというのは本当のようだ。

王女様が無事に助け出されて、こちらに追いつくかもしれない。そんな希望的観測を頼みに、こうして進み続けるというのだから。

もし追いつかなかったら、本当にどうするつもりなのか。

「もう、追いついたのも同然です」

「ん？」

首を傾げる私に、イアンが繰り返す。

「追いついたのも同然だと言ったのです」

その目には、やたら熱がこもっているようだ。

「どこにいるんですか？　あっ、もしかして無事に救出されたのね！」

それはよかったとパチンと手を合わせた私に、イアンが意味深な視線を向けてくる。

その横に座るダーラも、やたら熱心にこちらを見つめてくるのが少し怖い。

「実は、さや香様を見つけた時、心臓が飛び出るかと思うくらい驚きました」

「わ、私もでございます」

瞬きを忘れて熱く語るふたりに押されて、徐々に体を後ろに引いた。

道端で死体を発見したとなれば、それはさぞかし怖かっただろうと、見当違いな想像をする。

「さや香様とソフィア様は、信じられないくらいそっくりなんです。いいえ。さや香様はソフィア様そのものなんです。ご結婚が決まって以来おそばにお仕えしている私が言うのですから、間違いありません」

「は？」

そんな口から出まかせを言っても騙《だま》されないと返そうとしたが、あまりにも必死に迫るダーラに口を噤《つぐ》む。

それでも私が疑っているのが伝わったのか、ふたりの眉間にしわが寄った。

「これを」

イアンが懐から取り出した紙を、そっと受け取る。

「こ、これ」

ハッとして視線を上げると、彼は真剣な表情でひとつ頷いた。

「ソフィア様の肖像画です」

渡された紙に描かれていたのは、まさしく私だ。しかも、絵だとは思えないほどの精巧さに、写真ではないのかと何度も裏返しながら確認する。

「私?」

着色まで凝った絵を、すぐに描き上げるなど不可能だ。少々傷んだ様子からも、この絵がずっと前に描かれたものだと推測できる。

「いえ。これはソフィア様です。さや香様自身もそう思われるほど、おふたりは本当によく似ています。いや、まったく同じ外見なんです」

イアンの言う通り、似ているなんてレベルではない。ただし、ある点を除いて。

「で、でも、色が違うわ」

「なにがですか？」

これほどまで明確な違いが、ふたりには理解できないようだ。

「ほら、髪とか目とか」

いくら顔立ちは同じだとしても、それが違うだけで受ける印象は随分変わるだろう。真っ先に目が行く箇所を指摘したのに、さらに首を傾げられる。どうして伝わらないのかと、後ろで三つ編みにしてあった束を掴んでみせた。

「私の髪は、王女様のようなピンクじゃなく……って、え？」

一度も染めたことのない私の髪は、混じりっけのない黒色だったはず。でも手にしているそれは、ソフィア王女の肖像画と同じく淡いピンク色をしていた。

「なにこれ。どういうこと？」

鏡はないかと辺りを見回すと、それを察したダーラがさっと手渡してくる。

「嘘《うそ》でしょ。目の色まで変わってる」

黒かったはずの瞳は、透き通った海のような明るい青色をしている。これもまた、肖像画の王女様と同じだ。

「さや香様を見つけた時、正直ソフィア様かと思いました。しかし、それにしては身につけている服が違う。それから、ソフィア様にはさや香様のように、手のひらに黒子《ほくろ》はございません。ですので、半信半疑ではありましたが、あなたはソフィア様ではないと判断しました」

呆然《ぼうぜん》とする私をよそに、イアンの説明は続く。それを聞きながら、いつのまにか握りしめていた手をゆっくりと開く。

確かに、私の右の手のひらには黒子がひとつある。周りから珍しいと言われるほど、特徴的なものだ。

正直、事態は呑《の》み込めていない。未《いま》だに静かなパニックの真っ只《ただ》中にいると思う。けれど、目の前に突きつけられたこの自分にそっくりな肖像画を見たら、頭ごなしに否定できなくなる。

どういう原理かはわからないが、髪や瞳の色まで同じになってしまったのは、なにかしら運命的なものすら感じる。ただし、決してハッピーエンドになるようには思えないけれど。

とにかく、結婚なんてできるわけがない。

衝撃から素早く立ち直ると、自身を守るための意見を主張する。

「ソフィア様と私がそっくりだと認めます。でも、身代わりになって嫁ぐなんて絶対に無理です」

「大丈夫です。私とダーラも付き添いますから」

うんうんとダーラは頷くが、少しも大丈夫の根拠になっていない。

「でも、ただの身代わりじゃないんですよね？　結婚よ、結婚。好きでもない人と結婚だなんて、できるはずない。私、その人と一度も会ったことないのよ。彼氏いない歴イコール年齢だっていうのに、こんなのってないわ！」

感情が高ぶって、ぜいぜいと肩で息をする。

「安心してください。猶予はあるんです」

それなのに、イアンには私の思いがまったく伝わっていない。

「結婚と言いましても、王城に着いてすぐというわけではないですから」

この世界と日本との文化の違いなんて知らない。なにか特有の習わしでもあるのだろうか。結婚までに、小さな儀式が毎日続くとか？

「エドワード様は第二王子の立場であられた時より騎士団に所属し、今はイリアム騎士団の団長を務めておられます」

「はあ」

それのどこが猶予と関係あるというのか。

おまけに〝騎士団長〟という単語には、とにかく厳《いか》ついイメージを抱いてしまう。もしかしたら、気性の荒い人かもしれない。しかも、私よりずっと年上の可能性だってある。

ダメだ。いいイメージが少しも持てない。

「私たちが出発した後に知らせを受けたのですが、エドワード様は数日前より、盗賊の討伐に乗り出されたようで、お戻りになるまでに二週間はかかるそうです。エドワード様の帰城を待ってから婚儀の準備に入るので、本番はさらに後になります」

顔を引きつらせる私を注視しながらイアンが説明してくるが、時間稼ぎになる保障なんてまったくないと思うのは気のせいだろうか。

最長でもわずか二週間。ううん。馬車が普通に行き来するようなこの世界なら、連絡を取り合う手段なんて馬か人の足しかないだろう。詳細な報告など行き違いになって、予測なんてまったく当てにならない現実が目に見えるようだ。

「もし予定が変わって、もっと早く戻ってきたらどうするんですか？　それまでにソフィア様が見つからなかったら、そのまま私がその人と結婚しなきゃいけないっていうの？」

そんなのあんまりだと、なじりたくなる。

「私、本当にこの世界のことをなにも知らないんですよ？　それなのに、助けてくれたあなたたちの国でもないところで、そんな大役なんてできるわけないじゃない‼」

今頃パニックが襲ってきたのか、追い詰められた気分になって口調も乱れる。どう考えても無理だと、視線でも必死で伝えた。

「こんなことを言うつもりはございませんでしたが……」

おずおずと後ろめたそうにイアンが切り出すのを、眉をひそめて見つめる。

「もし、この話を受けてくださらないのでしたら、私たちにさや香様を助ける理由はなくなります。ただでさえ、自国が危機に立たされている今、さや香様を保護する余裕など、本来ならございません」

きっぱり言い切られて、目を大きく見開く。

はっきりとした脅しの言葉に、自分には後がないのだと否が応でも自覚させられた。

自ら言っていた平和主義は、いったいどこへ行ったというのか？

「たとえばここで私たちがあなたを放り出せば、あなたは間違いなくならず者に攫《さら》われるでしょう」

「ど、どういう意味ですか？」

「そ、それは……」

突きつけられた身の危険に動揺して、声が震える。

「あなたの外見は、誰がどう見てもサンザラの王女ソフィア様です。つまり、よからぬことをたくらむ連中にとっては格好の人質。でもそれに我々が応じなければ、荒くれ者の慰みものにされるかもしれませんね。さらに、用済みとなれば奴隷として売られる可能性も否定できません」

「慰みもの？　奴隷？　こんな平凡な女子高生を誘拐したところで、なんの得にもならないわよ」

そんな犯罪の横行する世界だとしたら、心底怖い。

聞き役に回っていたダーラが、不意に口を開く。

「さや香様」

「ソフィア様は、この辺り一帯では知らない者がいない美姫でございます」

この子はなにを言っているのか。

ソフィア様イコール私の外見だ。王女様には悪いけど、そこまで言われるほど優れた容姿ではないと自覚している。

「いやいやいや。言いすぎでしょ、それ。美姫だなんて……」

真剣なダーラを前に、さすがに〝平凡だ〟とまでは言えない。

わずかな謙遜の意味も込めてブンブンと手を振る私に、ダーラは眉をひそめた。

「その否定は、ソフィア様に失礼です」

ダメだ。ダーラはどうやら、ソフィア様に心酔しているようだ。同意しなければ許さないと、目に力を込めて圧をかけてくる。

とりあえず美醜に関する問題はこれ以上追及しないで、表面上ソフィア様は美しい人だとしておいた方がよさそうだと、数回首を縦に振っておく。

「もしあなたが攫われて、我がサンザラ王国に人質の交換を求めてきたとしても、その手のひらの黒子を根拠に、サンザラはソフィア様本人ではないと否定するでしょう」

「なっ」

ダーラの後に続いて口を開いたイアンが、爆弾を投下してくる。

本当に、どこが平和主義なのか。

ソフィア王女至上主義のようで、王女様に関することならばこの人たちは強硬手段も辞さないらしい。

「つまり、あなたがここで生き抜いていくには……」

「い、生き抜く!?」

これが大袈裟《おおげさ》ではないと、いい加減に認めるしかない。この世界では本当に起こり得る話なのだろう。

そうだとしたら、答えなんてひとつしかない。

「ソフィア様の身代わりになる以外ございません」

『ですよね』と、ズバリ言い切ったイアンに心中では渋々賛成するが、それを言葉に出す勇気は持てない。

「……ひどい」

こうなってはもう、情に訴えるしかなくなる。平和主義者なら、少しくらい絆《ほだ》されてくれないだろうか？

彼らに従っても、この世界の知識がまったくない私には、失敗する未来しか想像できない。むしろ、どうしたら大丈夫だと思えるのか。

自分の逞《たくま》しい想像力が恨めしい。

偽装がばれた瞬間、目つきが悪くて屈強な大男に、大きな剣でザクッとやられる姿が見えてしまう。単なる妄想に涙まで浮かんできた。

「もし受けていただけるのなら、少しでも信憑《しんぴょう》性を持たせるための設定を考えてあります。数日前に高熱を出されて、ソフィア様には記憶が曖昧な部分があるとします。多少、わからない事柄があっても大丈夫でしょう」

よほど私が不安そうに見えたのか、イアンが懐柔してくる。

そんなこじつけなど通用するわけがないと、乱雑に言い返しそうになるのをぐっとこらえた。この人たちの〝多少〟の捉えが曖昧そうで、逆に怖い。

「無理があるでしょ……」

「それから、猶予のあるうちはおそらく城内にとどまるだけになるので、礼儀作法やダンスなどの特訓をします」

抗議の声は、何事もなかったかのように流される。

そんな突貫工事にすぎない特訓など、すぐにボロが出るに決まっている。粗相をした時こそ、本当にまずい状況になるに違いない。

それに、またもや聞き捨てならない言葉を耳にした。

「ちょっと待って、ダンスってなんですか！」

礼儀作法はともかくダンスまでとは、いよいよおかしな世界に迷い込んでしまったようだ。

まるで、プリンセスが出てくる映画だ。綺麗に着飾った女性と正装した男性が互い片手を合わせ、さらにもう片方の手を腰や肩に添え合って、ルンタッタルンタッタとくるくるするような。

「あとは、国の歴史や地理くらいは押さえておきましょう」

「二週間じゃ無理です」

そのあたりは顔を合わせる前に身につけておく必要がありそうだが、たくさんのことをすぐには覚える自信などない。イアンの言葉に被《かぶ》せるように、必死に反論する。

「そこはやるしかありません！」

彼の方も、負けられないとでもいうように返してくる。

そんなに簡単に言わないでほしい。自慢ではないが、声楽以外の能力は人並みだと自覚がある。

「さや香様。これは、生きるか死ぬかの選択です」

「選択肢が極端すぎる！」

即座に切り返したが、ふたりとも取り合うつもりはないらしい。

「ソフィア様が見つかり次第、こっそり入れ替わるので大丈夫です」

出た。〝大丈夫〟の大盤振る舞いだ。まったく大丈夫な気がしない。

のんびりとした性格の私から見ても、この人たちは度を越して楽観的すぎる。

そもそも、ソフィア様が今も生きているなんて確証はない。怖くて指摘はできないけど。

「入れ替わった後は、サンザラが責任を持ってさや香様を受け入れます。先ほど、サンザラ国王からの伝達も届いております。さや香様の身の安全は、王家が責任を持って保障すると」

自信満々に言われても、相手はこの人たちの国の王様だ。きっと似たり寄ったりの人柄に違いない。もしくは、さらに上をいく楽観主義者かもしれないと、焦りにぶるりと体を震わせた。

でも、右も左もわからない世界で、私にとってこの申し出は唯一の拠《よ》りどころだ。もしここで放り出されたら、さっきイアンに告げられた通りになるのだろう。想像しただけで背筋が寒くなる。

「もしも、ですけど、怒らないで聞いてくれます？」

「ええ」

やっぱりここはちゃんと尋ねておくべきだと、前置きをしっかりして問いかける。

「万が一ソフィア様を見つけられなかったとしたら、どうするんですか」

さすがに生きていなかったらとは言えず、言葉を濁してしまったが、ふたりの顔色からすると十分伝わったようだ。

「それは……」

言い淀んだイアンは、眉をひそめてダーラと視線を合わせた。彼女もまた、同じような表情になっている。

見ず知らずのよそ者から、自国の大事な王女様の安否について仄《ほの》めかすような質問をされれば不愉快にもなるだろう。でも、可能性はゼロじゃない。

「エ、エドワード様は、イリアム王国一の剣の達人とも言われる、大変素晴らしいお方です」

なんの脈絡もない話を始めたダーラを、目を細めて見つめる。

「そ、それに、類稀《まれ》なる整った容姿のお方です。これまで国内外を問わず、求婚が相次いでいるというのは有名な話です」

切羽詰まったかのように、やたらエドワード推しをしてくるダーラの意図を察する。大切な王女様の考えたくない暗い結末は見ないふりをして、攻める角度を変えてきたようだ。

「性格はどうですか？　それに、どうして相次いで舞い込む縁談を受けてこなかったんでしょう」

どこかに逃げ出すチャンスはないだろうかと、ダーラの思惑に乗ったふりをして、情報収集に努める。明らかに戸惑っているのは、私の問いかけに対して言いづらいなにかを知っているのか。

「も、もしかして、この国って一夫多妻制なんですか？　蓋を開けたら城内はハーレムだったなんてことは……そんなの、絶対無理ですからね」

ひとつの可能性にたどり着いて、慌てて拒否する。

結婚を打診してくる扱いの面倒な高貴な相手ではなく、手近などうとでもできる女性に手を出してきたような人かもしれないと、勝手な想像が止まらない。

ハーレムを築くような人のもとに、身代わりで乗り込むとかあり得ないから。即お手つきにされそうで、身の危険しか感じない。

命の危機に次ぐ貞操の危機に、血の気が引く。

「エ、エドワード様は、国のためとあらば真っ先に駆けていき、先頭に立ち、自分の命を顧みないご立派なお方です」

「つまり、騎士としてはご立派なんですね。でも、私生活の方は？」

「ハ、ハーレムなんて事実はないはずです。そんな話は聞いたこともございません。そもそも、女性に関するお噂《うわさ》は皆無なんです。というより……」

言葉を濁したダーラの後を、イアンが引き取る。

「エドワード様は、女性に興味がないのかもしれません」

「えっ」

それはどう捉えていいのだろうか。

〝女性に興味がない〟のは、仕事が忙しくて暇がない結果なのか、それとも興味の対象が違う可能性があるのか。

いや、ここはプラスに考えておこう。女性に興味がないのなら、嫁いでも放っておいてくれるかもしれない。妻としてのお役目が免除されるのは、間違いなく朗報だ。

生きるか死ぬかの究極の二択を突きつけられて、少しでも自分に都合のいいように思わなければやっていられない。

「ダーラさんもイアンさんも、絶対に一緒にいてくれるのよね？」

「「もちろんですとも」」

確かな安心材料など少しもないというのに、おかしなもので声をそろえたふたりにわずかに安堵する。

「私たちに敬称は必要ありません。どうぞ、イアン、ダーラとお呼びください」

イアンの言葉を聞き流しながら思案する。

知り合ったばかりとはいえ、私の事情を知っている彼らがいてくれるのは心強い。ただし、自信ありげに頷くイアンが、どれほどの戦力になるかは不明だが。

私に対して最初は不安と不信感を抱いている様子だったダーラも、話しているうちに少しだけ打ち解けてきたし、希望の光が見えた、気がする。

「そもそも、ダーラはソフィア様とともにイリアムへ入国し、そのままとどまる予定でした」

「それじゃあ、イアンはどういう立ち位置なの？」

「私は本来、イリアムとサンザラの窓口的な立場なんですが、この現状となったからにはソフィア様救出部隊との連絡口にもなります。もちろん、さや香様をお支えしますが、常には難しいかと思います」

「そんな……」

さっきの『もちろんですとも』はなんだったのかと、イアンにジト目を向ける。

「大丈夫です。その代わりに護衛の騎士と教育係をひとりずつ付けますから。信頼できる者たちですし、教育係は女性ですから心強いでしょう。ダーラとともに、侍女として登城させます。明日の出発前には合流できる手はずになっていますから」

味方が増えるのはありがたい。でも、不安がなくなるわけではない。本当に、大丈夫なのだろうか。

「もし、エドワード様が私をニセモノだと見破った場合はどうしますか？」

ゴクリと喉を鳴らして、懸念事項について問いかける。

そもそも、そこだ。味方であるサンザラについては、この際大丈夫だと信じる。事情は国王陛下まで通してあるようだし、とりあえずよしとしよう。

けれど、肝心なエドワード様とやらに見破られたらどうするつもりか。

なんらかの罪に問われて、問答無用で首をはねられるような事態だけは絶対に嫌だ。

「その時は私だけじゃなくて、あなたたちサンザラ王国だって無傷ではいられないのでは？」

「本物だと、押し通すしかありません」

「いや、無理でしょ」

現実味がなく、なんの捻《ひね》りもない作戦にすかさず言い返す。そもそもそれは、作戦とは言えない。

この人たちは単におっとりしているだけじゃない。こういうのを平和ボケと言うのだろう。怖いもの知らずにもほどがある。

「できるわけないですよ」

「それでは、さや香様の色仕掛けで……」

「色気なんて、どこを搾っても一滴も出てきません！」

ここで逃げたとしても、待っているのは〝死〟。逃げずに進んだとしても、やっぱり死が待っているだけだ。

どっちを向いてもお先真っ暗だと、泣きたくなってくる。

「私、見ての通り女らしさなんて皆無ですよ。すぐに口調は乱れちゃうし、お淑《しと》やかさのかけらもありません」

言っていて虚《むな》しくなるが、事実だから仕方がない。

「そこは演じてもらうしかありません。ソフィア様は、お美しいだけではなくて、淑女中の淑女と言われるお方なので」

淑女とはなんぞや。ついでに、私からは演技力だって一ミリも出てこない。

私たちが似ているのは外見だけだ。すぐにバレてしまうに違いない。

「無理です」

もう何度目かのお断りの言葉を口にする。

「私たちも全力でサポートします。常に一緒にいると、お約束しますから」

ダーラまで必死に説得してくる。

否定はしながらも、逃れられないのだろうとうすうす感じている。どうしたって死が待っているというのなら、少しでも先延ばしして、よりマシな未来を探るべきだ。

ふたりの説得をひと通り聞き流しながら、覚悟を固めていく。

「万が一見破られて罪が与えられるとすれば、私も進んで受けます」

ダーラが意を決したように訴えた。

真剣な顔をしているけれど、進んでもなにも、そもそもこの突拍子もない計画を企てたうちのひとりだと自覚してほしい。この三人は、真っ先に罰せられる候補に入るはずだ。あなたも罪を犯した中心人物だよと、内心で呆れる。

「どうなっても知りませんよ。私、うまくいくなんて少しも思えないですから」

「もちろん、承知しております。うまくいかせるために、私たちは全力でサポートします。前向きな気持ちでいてくだされば十分です」

それほど呑気《のんき》でいられるはずがないと、こっそり息を吐き出す。

「全員、処刑なんて言われても、知りませんよ。責任は持てませんから」

「……腹を括《くく》ります」

今の間はなによ、と突っ込む気力はもうない。

私が望むのは、そのエドワード様が話のわかる人であることのみ。もし出会い頭に首をはねるというのなら、それはもう仕方がないと割り切るだけだ。怖いけど、一度死んだ身だと潔くあきらめるより他ない。

これ以上うだうだ言っても、結局は引き受けるしかないのだ。互いに覚悟があるのなら、精一杯やり通すしかない。

「わかりました。私にどこまでできるかわかりませんが、できる限りを尽くしてソフィア様になりきります」

「「ありがとうございます‼」」

目の前のふたりの声が、再び見事にそろう。

こっそりため息をついた私は、すべての疑問も不安も脇に避《よ》けて、やるしかないとぐっと手を握りしめた。

話がまとまるとイアンは「明日からに備えて、今夜はしっかり休んでください」と言い残して、隣の部屋に戻っていった。

「さや香様。寝支度をいたしましょう」

寝室はあらかじめ整えられており、あとは入浴を済ませて横になるだけだ。

場所や使い方を聞こうとしたところ、そっと近づいてきたダーラが私の制服に手をかけて脱がせようとしてきた。

「ちょ、ちょっと」

慌てて後ずさり、自身の体を抱きしめる。

「お休みになる前に、湯浴みをしませんと」

この様子だと、脱ぐところから手伝う気でいるようだ。王女様の生活とは、いったいどんなものなのかと怖くなる。

「自分でやるから」

渋る彼女を避けながら、教えられた浴室へ向かう。ちゃんとシャワーもあり、日本と変わらない様子にホッとする。

手早く体を洗い、用意されていた飾り気のない白いワンピースを着て素早くベッドに潜り込んだ。


翌日。目を覚ますと、すでに同行するメンバーが合流していた。

ひとりは私の護衛をしてくれるという男性騎士のレスターだ。がっしりとした体つきで随分と大柄な人だが、ちょっとした拍子に厳しい目つきが緩むと、まるで熊さんのような雰囲気になる。

「さや香様……いえ、ここからはソフィア様ですね。私の命にかけてもお守りいたします」

「え、えっと、よろしくお願いします」

目の前で膝をついて礼を執るレスターに、慣れない私は動揺させられた。

教育係のクラリッサは、四十代と思われる女性だ。見るからに厳しそうな人で、私に向ける視線に優しさはない。

「ソフィア様、時間は限られております。イリアムに向かうまでの間、馬車の中で早速ご指導させていただきますわ」

「は、はあ」

乗り込んですぐからですかと、げんなりする私にすぐさま指導が入る。

「淑女たるもの、はあなどと返事をしてはなりません。あなたの言動はすべて、ソフィア王女のものと見られるのですよ。いついかなる時も、気を緩めませぬように」

早速のダメ出しに、始める前からめげそうだ。

この時点ですでにひと仕事終えたのではないかというほど消耗している私には、少々キツイ。

それはつい数時間前のこと。『出発前に湯浴みをしましょう』とダーラに促されて、昨夜のようにひとりで浴室に入ったまではよかった。でもそこへ、『失礼します』なんてこちらの返事も待たずにダーラが勝手に入ってきたのはいただけない。

実ににこやかな表情をキープする彼女によって、有無を言わさず隅々まで体を洗われて、羞恥とあきらめに遠い目になる。あんなの、同性でも耐えられないわ。

挙句に、着せられたのはやたら締めつけのきついコルセットとやらに、ふりっふりのドレスだ。私はプリンセスかと思わず心の中で突っ込んだが、そういえば本当にプリンセス役だったと我に返ってうな垂れた。

声楽のコンクールや発表会でドレスを着る機会はあったけれど、さすがにここまで豪華で本格的なものではなかった。

ダーラによって着せられたボリュームたっぷりな水色のドレスには、フリルやレースがふんだんに使われている。胸元は光沢のある生地が使われており、そこに銀糸で複雑な刺繍《ししゅう》が施されている。

繊細で贅《ぜい》をつくしたドレスをどこかにひっかけてしまわないよう、慎重に馬車に乗り込み、なんとか座席に腰を下ろした。

「く、苦しいです」

途端に腹部が圧迫されて、うめき声をあげる。

「あなたは王女様なのですよ」

クラリッサには、なにを訴えても「王女様なのですよ」「淑女たるもの……」としか返ってこない。こんなの私を丸め込むための決まり文句でしょうと、密かにやさぐれる。

今さら淑女の定義なんて聞ける状況でもなくて、「ごめんなさい」としか言えない。それだって、「王族たるもの、簡単に謝罪をしてはいけません。まして、頭を下げるなどあってはならないことです」とさらに叱られる始末だ。

やる気も自信も木っ端みじんにされた。

宣言通り、馬車の中では早速勉強会が開催された。とりあえず真っ先にやるべきは、対面の挨拶をクリアすべく、イリアムの王族を覚えて礼儀作法を身につけることだ。これにはイアンも相手役として付き合ってくれる。が、いまいち威厳は感じられず、リアリティに欠ける。そして、クラリッサの冷ややかな視線が痛い。

鬼教官を前にして、ひたすら萎縮する自分が哀れで仕方がない。隣に座るダーラが時折励ましてくれたのだけが、唯一の救いだ。

「いいですか？　まず、イリアム王国の現国王陛下ですが、エドワード様のお兄様であられるエリオット様になります。覚えてください」

改めて、とんでもない立場のお方たちと対峙《たいじ》するのだと意識させられる。

「はい、復唱」と言われて、「エリオットエリオットエリオット……」と、まるで受験勉強をするようにぶつぶつと繰り返す。しまいには「オットエリ」になってしまい、乾いた笑いが漏れそうになった。

「エリオット陛下は、現在二十八歳。前国王が二年前に崩御され、二十六歳の若さで国王になられました。大変聡明なお方で、エリオット陛下の治世になって以来、わずか二年でイリアムはますます発展を遂げております」

次々と知識を詰め込もうとしてくるが、私はそれをひたすら聞いて呟くしかできない。せめて書くものはないかと尋ねたが、「持ち合わせておりません」とクラリッサに冷たく言われた。そもそも、この揺れの中では書けそうにもないと気付いたのは、少し経《た》ってからだ。

とりあえず、エリオットはすごい王様だと頭に叩《たた》き込むようにして覚えていく。

「エリオット陛下をお産みになられた正妃様は、彼が幼い頃にすでに亡くなっておられます。王弟であられるエドワード様のお母上は、その後に嫁がれた奥方になりますが、この方も前国王陛下と同じ頃に亡くなられました。ご兄弟の仲は、良好だと伺っております」

ふたりの王子の母親が違うって……やだ、骨肉の争いしか浮かんでこない。

「エリオット様の奥方であられるのが、王妃・グロリア様。おふたりの間には、第一王子のアリスター様と、王女チェルシー様が誕生しております」

頭の中で必死に家系図を思い浮かべながら、お願いだからこれ以上複雑になりませんようにと切に祈る。

「それから、エリオット様とエドワード様の間には、正妃様がお産みになられたリリー王女がいらっしゃいます。このお方はすでに他国へ嫁がれていますので、ひとまずよいでしょう」

慣れないカタカナの名前で、私の頭の中はパンク寸前だ。クラリッサは抑揚のない声でさらに講義を続けるが、覚える自信はない。

「現在二十歳になられたエドワード様ですが、十歳の頃には騎士見習いとして騎士団に入団されております。凄《すさ》まじい努力と、生まれ持ったセンスのよさもあるのでしょうね。若くして団長を務める他外交の一端も担われており、陛下同様に大変優れたお方です」

私の旦那様……もとい、ソフィア様の旦那様になる人物は、とりあえず立派な人のようだとしかわからなかった。できれば、昨夜聞いたような女性に興味のない方だとありがたい。

どうやら国境に到着したようで、絶えずガタゴトと揺れていた馬車が不意に停止する。車内は途端に静寂に包まれ、この乗り物がいかに音を立てていたのかと実感させられた。

すっかり固まっている体を、クラリッサに見咎められないようにこっそりと伸ばしながら、ため息をひとつついた。

麗しの王子様

「いよいよ、イリアム王国の王都に入ります」

腰の痛くなる長旅の終わりが見えてきたとはいえ、少しも嬉しくない。

イアンの言葉に、一緒に乗っている一同の表情が硬くなる。ここにいる全員が、本音ではうまくいくはずがないと不安なのだろう。

結婚というより、お葬式に向かっているような車内の重い空気に、心が擦り切れてしまいそうだ。

「夕方には、城に到着する予定です」

国王陛下との対面は、もう数時間後に迫っている。とりあえず、王家の人たちは、フルネームでなければ大体把握できていると思う。困ったら〝陛下〟や〝殿下〟とか、知り得る限りの言葉で乗り切るしかない。

あとは、対面の時の作法をクリアできればきっと問題ないはず。そう信じていなければ、恐怖に押しつぶされそうになる。

脳内で必死に復習をしていると、馬車の外から賑《にぎ》やかな様子が伝わってきた。

カーテンの隙間から外の様子をチラリと見る。イアンによれば、この馬車の外観からサンザラ王国の王女様が乗っていると知られているらしい。

隣国の王女と王弟殿下エドワードの結婚はすでに国民にも周知されているため、通り沿いにはたくさんの民が詰めかけている。

閉じられた窓越しに聞こえる祝福の声に、手を振るなどして応えるべきかと尋ねたら、クラリッサに「余計なことはしないでよろしい」と切って捨てられた。言い方っていうものがあると思うと訴えるのは、贅沢だろうか。

ほとんど休憩も取らないまま、イリアム王城へ向かう。

「不安しかないです」

ポロリとこぼした本音に、隣に座るダーラが手を握ってくれる。

〝一蓮托生《いちれんたくしょう》〟

クラリッサやイアンからは、そんな目を向けられていた。

私がヘマをすれば、ここにいる全員の命が危ない。ううん。サンザラ王国自体がどうにかなってしまうかもしれない。どれほど大きなものを背負わされてしまったのかと、身が竦む。

ここまで来てもまだ、ソフィア様の安否情報はいっさい入っていない。

おそらく、エリオット陛下との対面までに入れ替わることはないだろうと、早々にあきらめた。

いよいよ見えてきた白亜の宮殿は、ある意味私の期待を裏切らなかった。

「本当にお城なんだけど……」

外部からの侵入を阻止するためか、城の周囲は高い塀で囲まれているが、その上に見える城の上部はまさしく幼い日に絵本で見たような立派なものだ。

想像通りの豪華絢爛《けんらん》な外観に呆《ほう》けていると、「お顔を引きしめてください」とクラリッサからの叱責が飛んでハッとするが、物珍しくて観察はやめられない。

奥に見えるひと際背の高い塔は、もしかしたら火の見やぐらのようなものかもしれない。敷地内にはきっと舞踏会を開くホールもあるのだろうと、映画で目にした場面を想像する。

「ようこそいらっしゃいました。そのままお進みください」

ついに城の入口に到着して、イアンが見張りに立つ兵士とやり取りをする。なにか証明書のようなものを見せていたようで、間違いなくサンザラの馬車だと証明すると、そのままついに王城内へ乗り入れた。

「ソフィア様、よろしいですね？」

深妙な顔をしたイアンに、口元を引きしめてひとつ頷く。

「私たちがいますからね」

ダーラが精一杯励ましてくれる。

人の手を借りながら馬車を降りて、城を見上げた。その迫力だけで尻込みしそうになるが、私はひとりじゃないと自身に活を入れる。

背後には、ダーラとクラリッサが控えている。半歩前に立つイアンは、口を閉じていればそれなりに頼もしく見える、と思う。少し離れて守ってくれている体の大きなレスターは、そこにいるだけで安心感を抱く。大丈夫だ。少なくとも、私には四人の味方がいる。

あとは、一分一秒でも早く本物のソフィア様が戻ってくるのを祈るのみ。

手を強く握ると、案内に従って静々と歩みを進めた。廊下には絵画や美術品などが飾られており、物珍しさに思わずきょろきょろしそうになるが、それをぐっとこらえて若干俯いた状態をキープし続ける。

しばらくすると、ひと際大きくて豪華な扉の前にたどり着いた。どうやらここが、謁見の間のようだ。この先は、私とイアンしか入室できないと聞いて途端に心細くなる。四人もいた私の味方は、有無も言わさず彼ひとりにされてしまうが、もう後戻りなんてできない。

入室の許可が出ると、粛々と中央に進む。陛下から声がかかるまでは顔を上げてはいけないというクラリッサの教えの通りに、視線は床に向けたままだ。

促された位置で歩みを止め、ドレスの裾を軽くつまんで腰を少しだけ落とす。地味につらい姿勢のまま、馬車の中で幾度となく練習した挨拶を披露した。

「お初にお目にかかります。サンザラ王国から参りました、フローレス・オブ・ソフィアと申します」

少しでも難しい言葉を減らしたこのセリフは、残念なものを見るような目をしながらクラリッサが考えたものだ。若干声は震えたけれど、なにより名前を間違えなかっただけでも合格だろう。

「面《おもて》を上げよ」

声だけで人を制すとは、こういうことだろうか。決して大声を出されたわけではない。むしろ優しさすら感じる声音なのに、場の緊張が高まる。

ゆっくりと姿勢を戻して視線を上げる。正面の豪華な椅子には、いくつもの勲章のようなものがつけられた、黒を基調とした正装に身を包むエリオット陛下が座っていた。彼が私に向ける眼差《まなざ》しは、随分と優しげだ。

「サンザラからの長旅、ご苦労であった」

光の当たり具合によっては白色にも見える美しいブロンドの髪に、鮮やかなグリーンの瞳の持ち主であるエリオットは、人の目を惹《ひ》きつける整った容姿をしていた。口元は綺麗なカーブを描き、終始笑みを浮かべている。

二国間の力関係は大きく違うと聞いたが、彼にこちらを見下すような雰囲気はまったく感じられない。それどころか、友好的に思える。

その様子にホッとしかけたが、イアンの言葉を思い出して気を引きしめ直す。

『エリオット様は、一見物腰の柔らかい人物のようですが、その実は必ずしも見かけ通りというわけではありません』

いったいどんな人なのかと身を震わせたのは、つい数時間前の馬車の中だ。

『確かに、物腰が柔らかいのもエリオット様の一面ではあります。しかしながら、大変頭の切れるお方で、シビアな判断も下せます。敵とみなせば容赦はしません。逆に、味方となればとことん大切にされます。国民からの支持は絶大です』

要するに、この人にもし敵だと認定されたら、エドワードに会う前に終わりだ。

「ソフィア王女。申し訳ないがエドワードは現在、城を留守にしている」

「はい。伺っております」

「十日ほどで戻るだろう」

ええ⁉

四日も減っていると、告げられた事実に愕然《がくぜん》とする。

「エドワードが戻り次第、婚儀の準備を進める手筈《はず》になっている。それまで、自由に過ごされるとよい」

「は、はい。ありがとうございます」

日にちについては、後でイアンたちと作戦を練り直すしかない。〝大丈夫です〟と締めくくられるだけの気がするが。

これで挨拶は終わりのようだと、瞼を伏せてなんとか失敗しなかった自分を密かに褒める。

けれど、わずかに気を緩めたその時「ああ」と、なにかを思い出したようなエリオットの声が聞こえて、ギクリと体が強張った。

「ソフィア王女には、なにか趣味や得意なことはあるか？」

予定外の質問に、瞬時に頭をフル回転させる。イアンをこっそり見るも、返ってくるのは〝無難にお願いします〟と訴える視線のみ。あまりの無責任さに、本当に味方なのかと疑いそうになる。

この世界観なら、刺繍や読書と答えるのが無難だろうか。見栄を張って茶道や花道と言っても通じなそうだ。そもそも、私には経験がないけど。

できもしないでたらめを言っても、やってみせろと言われたら困るだけだ。嘘なく言えるとしたら、私には歌しかない。

「歌うことが、好きです」

答えを見つけられたと喜んだのも束《つか》の間。この世界の歌など一曲も知らないと気付いて、しまったと後悔する。

「で、ですが、異国の歌しか知りませんが」

「ほう。異国の歌か」

これ以上、ボロを出さずに答える自信はない。

なにやら思案しだしたエリオットを、なにも聞いてくれるなと祈るような気持ちで見つめる。

「ならば、エドワードの帰城を待つ間に孤児院を訪れるといい。子どもたちはいつだって、大人の愛を求めている。そこでソフィア王女が歌を聴かせれば、きっと喜ぶだろう」

それくらいなら、これまでやってきた慰問活動と大差ない。私にもできそうだと、わずかに気持ちが浮上する。

「わかりました」

エリオットの魅力的な提案に、入室時よりはいくらか明るい表情で謁見の間を後にした。

扉の外には、滞在する部屋へ案内をするためにイリアムの侍女・ポリーが控えていた。年齢は私の母親くらいだろうか。ふくよかな女性で、穏やかな笑みに緊張感が和らぐ。

今後、身の回りの世話はダーラとクラリッサが行い、それ以外についてはポリーが手助けをするという。

イリアム側との打ち合わせがあるというイアンとは、一旦ここでお別れだ。

ポリーに続いて、複雑な回廊を進む。もしかして、外部からの侵入を意識しているのだろうか？　廊下はやたらと入り組んでおり、一度歩いただけでは覚えられそうにない。

「こちらがソフィア様のお部屋になります」

扉を開けるとポリーは脇に控え、入室するように促した。外にレスターを残して、室内へ入る。

白を基調にまとめられた室内があまりに素敵で、その夢のような光景に目を瞬く。私の住んでいた１Ｋのアパートとは、雲泥の差だ。奥にはお風呂もあるという至れり尽くせりの仕様に、身代わりの立場で使っていいのかと尻込みしそうになる。

部屋の中央に立ってぐるりと見回す。豪華なチェストに、大きな本棚。ソファーだって見るからに高級そうで、誰もいなければこの上で飛び跳ねてみたいくらいだ。けれど、なにからなにまでそろったこの部屋に、唯一ベッドだけが見当たらないのが不思議でならない。

「寝室はこちらです」

さらに別室があるのかと驚嘆しながら、案内に従って奥の扉から隣の部屋へと足を踏み入れる。

そこで視界に飛び込んできた大きなベッドに、呆然とした。部屋のど真ん中に鎮座するそれは、大柄な大人が三人横になってもまだ余裕があるほどだ。

「こちらが、ご夫婦の寝室になります。あちらの扉は……」

ご夫婦⁉

まさか、このベッドで一緒に寝ろというのか。そんなの絶対にあり得ない。

困惑する私をよそに、ポリーが説明を続ける。次に指し示したのは、今入ってきたのとは別の扉だ。

「エドワード様の私室になります」

私とエドワードの私室が内部で繋がっているという衝撃に、思わずふたつの扉の間で視線を彷徨わせる。

自分の部屋にいれば私のプライベートは保たれるだろう。けれど、夜は一緒だなんていろいろな意味で身の危険しか感じない。

でも、待って。私にはダーラとクラリッサという侍女がついているのだし、昨日からずっと言われているようにきっと大丈夫なはずだ。

「あなたたちは、夜も近くにいてくれるのよね？」

念のためにとこっそり尋ねると、クラリッサが遠慮のない呆れた顔を向けて感情のこもらない声音で告げる。

「基本的に夜は、別の部屋に控えております」

まさかの返しに、王女としての表情が取り繕えなくなる。これでは約束と違う。

「私たちがいるって言ってくれたのに、あれは嘘だったの？」

ポリーがいるため遠慮気味ではあるが、焦りでついふたりを詰問してしまう。

「ですが、さすがに夜は別です。大丈夫です。朝はできるだけ早く来て、夜はギリギりまでここにおりますから」

ダーラが一歩近づいて、必死に私を宥《なだ》める。

夫婦の寝室に侍女がひと晩中いられるわけがないと、さすがに私だって理解できる。でも、本当の夫婦なら問題ないが、私はあくまで偽物のソフィアだ。万が一にも、間違いがあってはならない。

「誰かと付き合った経験すらないのに、異性と同じベッドで眠るなんて無理よ」

しかも、ただ隣り合って寝るだけだなんて保障はまったくない。むしろ婚約者同士なのだし、なにかがあってもおかしくない。

力なくこぼした言葉に、ダーラは申し訳なさそうな顔をする。

これ以上この場で言い争えば、ポリーになにか感づかれてしまいかねない。言い分はたくさんあるけれど、ひとまず後だと気持ちを立て直す。

案内を終えたポリーは、「ご用がありましたらいつでもお呼びください」と自分の持ち場へ戻っていった。入れ違いでイアンが訪問してくると、すぐさまクラリッサに促されて謁見の間での詳細を報告する。

「いやあ、どうなるかと思っていましたが、エリオット様とのご挨拶もなかなか無難にこなせましたね」

にこやかに話すイアンだが、なんだか腑《ふ》に落ちない。あれほど『大丈夫』と連呼していたというのに、やはり本音は不安だったようだ。

「聞く限りでは、エリオット陛下との対面は及第点のようですね。趣味の歌の方も、悪くはないです。花を愛《め》でることや、せめて王族のたしなみでもある楽器の演奏くらいはと言いたいところですが、できもしないことを言うよりはいいでしょう」

言葉の端々に棘《とげ》を感じるのは気のせいだろうか。クラリッサには好かれていないと、嫌でも伝わってくる。

「孤児院への訪問でしたら、ソフィア様のよい評判にも繋《つな》がります。ひいては、夫となられるエドワード様も」

つまり、私個人などどうでもいいのだろう。せいせいするほどのソフィア様ファーストに笑えてしまう。

「それでは復習しましょう。王族の名前と続柄を」

少しくらい休憩をさせてもらえるかと期待していたが、甘かったようだ。報告を終えると、クラリッサは有無を言わさない様子で突然話を切り上げた。その間にイアンは部屋を退出し、ダーラは変わらず背後に控えている。

慌てて姿勢を正すと、覚えた名前を必死に披露していく。

「大丈夫そうですね。それでは、食事のマナーを直ちに覚えていただきます。今夜はこの後、陛下から夕食に招待されていますから」

そうでしたと、顔をしかめる。

先ほどイアンに聞かされたこの夕食会には、エリオットと奥様のグロリアに加えて、ふたりの子どもたちも同席するようだ。

私的なものだというのが、唯一の救いだろうか。

とはいえ、相手はこの国のトップに当たる人だ。もとの世界でいえば天皇御一家と夕食会かと想像すると、恐れ多すぎて背中を嫌な汗が伝う。

私室にカトラリーセットを用意して、テーブルマナーを学んでいく。これまでテレビなどで見聞きしてきたものと大差はないようだけど、当然すぐにできるわけがない。

「いいですか。食事のマナーは、その所作だけに気を配ればよいというものではありません。その場にふさわしい会話を提供するのも重要です」

できるわけがないと、心中でやさぐれる。

この世界の時事ネタなんてまったく知らないし、趣味や特技の話も広げようがない。

王妃様とおしゃれ談義はどうかと想像してみたが、ないなと一瞬で否定する。

「とりあえず今夜は、相手に振られた話に適切に返せればよいでしょう」

つまり、私からはいらぬことを言うなと忠告しているのだろう。もちろん、進んで話すつもりなんて毛頭ない。

ひと通りマナーのポイントを教えてもらい、自力で再現してみせる。

終始厳しい視線でそれを見つめていたクラリッサは、「及第点です」といかにも渋々という感じでため息交じりに言った。ソフィア様のために、もっと細かく注意したいのが本音なのだろう。

私は褒められて伸びるタイプだと、心の中で愚痴を言う。

そういう点で、金城先生は実にうまく私をあしらっていた。最後に顔を合わせたあの日だって、私が歌う映像を見ながら話していたことは、言葉足らずなりに私をやる気にさせてくれた。

それほど時間は経っていないのかもしれないが、懐かしい顔を思い出してつい目が潤みそうになる。ちょっとだらしないところもあったけれど、今にしてみれば金城先生と過ごした時間が恋しい。

夕飯の時間になると、ポリーが呼びに来てくれた。

連れていかれたのは想像とは違ってこぢんまりとした部屋で、楕円《だえん》のテーブルにすでに四人が着席しているのを見て慌てて謝罪する。

「お待たせして、申し訳ありません」

「いや、大丈夫だ。さあ座って」

エリオットに促されて、その向かいの席に着く。謁見の間では国王陛下然《しか》りとした雰囲気だったが、今は過度な飾りのない服に着替えており、少し砕けた印象を受ける。公的な姿と私的な姿を、きっちりと使い分けているのだろう。

この様子からは、私に対して疑いを抱いている可能性は感じられずホッとする。

それにしても、エリオットの容姿も整っているけれど、奥様のグロリアはそれに引けを取らないほど美しい。口元には終始優しげな笑みを浮かべており、私の緊張を解《ほぐ》してくれる。

ふたりの子どものアリスターとチェルシーも、まだ五歳と三歳と幼いのに、その容姿はすでに完成されていてとにかくかわいい。

「十分に休めただろうか？」

エリオットの問いに、無難に笑みを浮かべる。

「はい。お部屋もとても素敵で感動しました。ありがとうございます」

実際は休めなかったけどと、冷たい視線を向けるクラリッサの顔を思い出しながら心中で付け足す。

「まあ、よかった。私の趣味で申し訳ないけれど、少しでも快適に過ごせるように選んだのよ」

あの素敵な部屋は、グロリアが用意してくれたようだ。彼女の心遣いが嬉しくて、自然と笑みを返す。

「ありがとうございます」

この方とはうまく付き合えるかもしれないと、新たな味方を見つけたような気になれた。

「そういえば……」

なにやらイレギュラーな発言をしそうなエリオットに、瞬時に気を引きしめる。侮れない人ならば、彼に対する警戒心を緩めてはいけない。

こちらに後ろめたさがあるせいで、エリオットの一挙手一投足に神経を尖《とが》らせる。

「サンザラ側から伝え聞いているが、高熱を出されたそうだな？　体調はもう大丈夫なのだろうか？」

そうだった。そんな設定だったと、杜撰《ずさん》な言い訳に焦りが募る。

思いもよらない労《いたわ》りの言葉に、表情がぎこちなくなった。

「は、はい。ご心配をおかけしてすみません。もうすっかりよくなりました」

「なんでも、記憶が不確かだとか聞いているが」

まずい。そのあたりは、それほど深く詰めていなかった。

「そ、そうですね。に、日常生活に、それほど支障はありませんが……多分……」

いや。まったく知らない世界なのだから、むしろ支障だらけだ。

「忘れてしまっていることが、たまに……ちらほら……」

口を開くほど矛盾が生じかねないというのに、ごまかすように言葉を重ねる。

「まあ、大変でしたのね。お元気になられてよかった」

私の回復を心から喜んでくれるグロリアに、チクリと良心が痛む。

「あ、ありがとうございます」

表面上はにこやかにやり取りをしているが、とにかく落ち着かない。

それでもなんとか、夕食会は無事に乗り越えられた、と思う。

相手側が代わるがわる話を振ってくれたおかげで、会話は途切れずに済んだ。ふたりの子どもたちとも少しだけ打ち解けられたし、なにより幼子の笑顔は私を癒してくれる。

やりきったと満足しながら軽い足取りで部屋に戻ると、待ち構えていたクラリッサに早速その様子を報告するように言われてげんなりした。

「なんとか大丈夫だったようですね」

せっかく頑張ったのだから、もっと褒めてくれてもいいじゃないかといじけそうになる。

それでも、彼女の指導がなければ立ち行かなくなるから、面と向かっては言えない。

ダーラの手を借りてドレスを脱ぎながら、やっとゆっくりできるとため息をつく。

『お手伝いを』としつこく言ってくる彼女を振り切って湯船につかった頃には、ようやくひとりになれたと気が抜けて眠気に襲われた。

あとは寝るだけだと、わずかにふらつく足取りで寝室に向かう。存在感のありすぎるベッドにバタリと倒れ込んで、ひんやりとしたシーツに頬ずりしていると、あまりの心地よさにここがどこかも忘れてしまいそうだ。

けれどもその直後、ダーラの退出する気配に途端に心細くなる。

シーツに頭まで潜り込んで体を丸めると、耳を塞いで不安な気持ちを必死でごまかし続けた。

翌日以降は、朝からクラリッサと勉強に明け暮れた。

自由に使ってよいと言われたティールームで、お茶をいただきながら指導されていると言えば優雅に聞こえるが、受けているのはスパルタ教育だ。

正直しんどくてたまらない。そもそもカップの持ち方どころか、椅子に座った時の姿勢や目線、カップに伸ばす腕の角度まで小うるさく注意されるから、ちっとも休まらない。

おまけに体をぎゅうぎゅうと締めつけるコルセットが、常に私をいじめてくる。フリフリのドレスもヒールのある靴も違和感しかなくて、動きがぎこちない。

食事は私室に運んでもらえるとはいえ、いちいち作法を確認しながら進めていくから食べた気がしないし、実際に食べる量も減っている。午後に組まれたダンスの練習も、慣れない動きで筋肉痛がひどくて、精神的にも体力的にもとにかくつらい。

ただ、クラリッサの指導を受けているおかげで、確実にできる内容が増えているから投げ出すわけにもいかない。彼女にしてみれば、牛歩並みの成長度らしいけれど。

これらの苦行になんとか耐えられているのは、クラリッサとは対照的に褒め上手なダーラの存在が大きい。

自分が弱い人間だとは思っていなかった。少なくとも、高校から親元を離れてひとりで暮らしていたが、すぐに慣れて普通でいられるくらいの強さはあるはずだ。

それでも、この世界に関してはなにもわからないという心細さに、何度か涙が滲《にじ》みそうになった。そんなタイミングで『お上手ですよ』『頑張りましたね』と声をかけてくれるダーラに、随分と元気づけられている。

勉強の合間には、気分転換もかねて孤児院へ訪問した。

人手が足りていないのか、子どもたちはかまってほしいのに我慢している様子が、その遠慮がちな姿勢から伝わってきて切なくなる。

『子どもたちはいつだって、大人の愛を求めている』というエリオットの言葉を思い出して、この時間は全力で彼らに向き合おうと決めた。

責任者と挨拶を交わすと、こちらの様子をうかがいながら集まってきた子どもたちに向けて、早速歌を披露する。

慰問と同じように童謡を歌えば、初めて耳にするにもかかわらず途端に子どもたちの顔に笑みが浮かぶ。教えた手遊びもすぐに覚えて、楽しそうに参加してくれる姿にここに来てよかったと実感する。私の方も、一時とはいえ不安を忘れられた。

「ソフィア様の歌を聴いていると、私たちも疲れが吹き飛ぶようです。本当にありがとうございました」

そんな職員の言葉にも元気づけられて、自然と笑顔が浮かぶ。

本物のソフィア様と入れ替わった後、許されるなら、今日みたいに子どもたちと歌いながら過ごすのも悪くない。世界中を飛び回る声楽家になるという夢は叶《かな》わないが、それでもいいじゃないかと思うほど楽しい時間だった。

数日に一度は訪れたいし、子どもたちを自分の歌で幸せにしたいという新たな夢を抱いて、意気揚々と孤児院を後にする。

けれど、膨らみかけた希望はその直後に潰《つい》えてしまう。

「孤児院の訪問は、控えていただきます」

馬車に乗り込んですぐに、クラリッサが冷ややかに告げる。どうしてかと抗議の声をあげかけたところ、さっと手で制されて口を噤んだ。

「あなた様の歌は、ソフィア様の知らないものばかりです。それでは入れ替わった後に不都合が生じるため、二度と披露されぬようお願いします」

孤児院への訪問だけでなく、クラリッサは歌うこと自体を禁じた。

好きで身代わりをしているわけではないのにと、悔しさに唇を噛みしめる。

こうなったら、入れ替わり後は絶対にあの孤児院で働いてやる！と、クラリッサへの反骨の精神から固く心に誓った。

イリアムの城へ来て、数日が経った。

エリオットにより、退屈だろうから城内の庭に出てもよいと許可が出されている。それを受けて、ポリーからバラの咲き誇る庭園に行ってみてはと提案された。

種類も豊富に咲いていると聞いて期待感を膨らませかけたが、不特定多数の目がある場所では危険だからと、クラリッサによって待ったがかけられてしまったのは腑《ふ》に落ちない。

表面上は警護の心配をしているように聞こえるが、実際はニセモノの姿をイリアムの人間に見られないようにするためだ。

代わりに案内された中庭に足を踏み入れて、ぐるりと辺りを見回す。

城を背に前方は一面が芝で覆われており、その向こうには森が広がっている。バラは咲いていないが、自然が身近に感じられるこの場所をひと目で気に入った。

クラリッサはイアンと打ち合わせがあるらしく、ダーラが付き添ってくれる。厳しい彼女が不在なら、多少はリラックスできそうだと肩の力を抜いた。

護衛のレスターは、離れたところに立って見張っている。

立場上、ダーラが一緒に座ることが許されないのは残念だが、ひとりでのんびりできるのはありがたい。大自然を前にすると、常に感じている不安も様々な鬱憤も忘れられそうだ。

「ああ、いい天気」

見上げれば、一面に青空が広がっている。この国に四季があるかは不明だが、今の気温はちょうど春先のように過ごしやすい。

前方の森からは、様々な鳥のさえずりが聞こえてくる。

非現実的な生活の中、今目にしている自然だけは見慣れた祖国の光景と似通っており、急に故郷が懐かしくなった。

「ランチを持ってきましょう。このまま外で食べるのもよさそうですね」

ダーラの提案に心が躍る。そろそろストレスも限界にきていたし、少しくらい気を抜いてもバチは当たらないだろう。

私が座れるようにシートを敷いた後、この場をレスターに託したダーラは、早速厨房《ちゅうぼう》へ向かった。

ドレスが汚れないように、そっと腰を下ろす。後ろに手をつくと、体を軽く伸ばして目を閉じた。

風が吹いて木々が揺れ、パサリと鳥が飛び立つ音が聞こえてくる。その長閑な様子につられて、小声で歌を口ずさむ。こういう時になにも考えずに口をついて出るのは、幼い頃母が歌ってくれたような童謡だ。

このまま目を開けたらもとの世界に戻っていないだろうかと試してみたが、当然そうはならなかった。軽く頭を振って再び目を閉じると、今度は軽く鼻歌を歌った。

感傷に浸りながらしばらくそうしていると、伸ばした足に重みを感じてそっと目を開ける。

「え？」

私の足に手をかけていたのは、薄茶色のリスだった。興味津々な様子で、くりくりとしたつぶらな瞳がジッと私を見つめる。

「ペット、なのかな？」

随分人に懐いているようだし、誰かが飼っているのかもしれない。

ひくひくとかわいらしく動く鼻を見つめながら呑気に考えていたけれど、ハッとして見回せば他にも動物がいると気付く。

さっきは鳴き声が聞こえるだけだったが、いつのまにやってきたのか、周囲に複数の鳥たちがいる。

さらに遅れてやってきた猫が、リスを避けながら私の足によじ登り、何度か踏みならして場所を決めると、目を閉じて前足を畳んで座り込んでしまった。

驚かせてしまわないよう慎重に、真っ白な毛に手を這《は》わせる。そういえば私が助けた猫もこんな子だったと撫《な》でてやると、長いしっぽがゆるりと揺れた。

「モテ期かしら？　なんてね……」

そんなわけないかと、乾いた笑い声をあげる。

『やっと見つけた』

「ん？」

不意に聞こえた少し高い小さな声に、慌てて辺りを見回す。

『歌ってよ♪』

「え？」

この場にいるのは、数メートル離れて立つレスターだけだ。彼がこんなかわいらしい声を出すとは到底思えない。

遠目に見るレスターは、動物に囲まれた私を驚いた様子で見ている。ただ、凶暴な種類でもないから、今すぐ対処するかどうか悩んでそわそわしているようだ。そこは護衛としてとりあえず見に来るべきだと思うが、実際に危険は感じないため視線で大丈夫だと伝える。サンザラの人間は、騎士でも平和主義でのんびりとした気質らしい。彼はひとつ頷いて、身を落ち着けた。

『ねえ、歌ってよ』

まるで頭に直接響いてくるような声に、半信半疑で私の膝の上に座る猫に視線を向ける。同時に目を開けた猫とバチッと視線が合って、私の方がうろたえた。

「も、もしかして、今の声はあなたなの？」

疑い交じりに尋ねれば、まるでそうだと答えるように猫が瞬きをひとつする。

「あなた、もしかして……」

私の助けた猫かと聞こうとしたが、そんな偶然があるわけないと言い淀む。それでもと、ジッと見つめ続ける私に白猫がコクリと頷いた。

『この前は、助けてくれてありがとう。あなたあの時死にかけてたから、一緒に連れてきちゃったわ。でも、途中で離れちゃって……』

驚きで目を見開く私を見返す猫の目が、キラリと光る。

『元気そうでよかった』

「こ、こちらこそ、ありがとう。そ、それより、あなた私と話せるの？」

猫は再びコクリと頷くと、得意げに目を細めた。

『そうよ。といっても、あなたの頭の中で聞こえるだけ。他の人には聞こえてないわ』

この世界なら、こんな不思議な現象もあり得るのだろうかと、童話の中に出てくる動物と話せるプリンセスを思い出す。

深く考えたらダメだ。ここは私が今まで培ってきた常識は通用しないのだからと、この不可思議な現象を異世界のせいにして受け入れる。

「ところで、あなたも私も、なんでここにいるの?」

『もともと、こっちが私の世界なの。この前は向こうの世界に迷い込んじゃって、困ってたのよね』

そのわりには、けろりとしているように見える。

『あの時、道路の向こうに帰る道筋が見えた気がしたの。クラクションに驚いて、思わず飛び出しちゃったところをあなたが助けてくれたのよ。ありがとう』

私の理解を超えた話に、どう反応を返してよいのかわからない。ただ、この子の無事が確認できたのは本当に嬉しい。

そんな風に感じていると、白猫がまじまじと私の髪や瞳を見つめてきた。

『ふうん。連れてきた甲斐《かい》があったみたい。ねえ、歌ってよ。あなたの歌はすっごく心地いいの』

「え、ええ」

どこか意味深な言い回しを疑問に感じつつ、周囲の動物たちも期待に満ちた目を向けていると気付いてコホンと咳《せき》払いをする。

再び歌い出すと、動物たちは一様に目を閉じて思い思いに過ごし始める。つられてさえずる鳥もいれば、猫はリズムに合わせてしっぽを振っている。その様子がかわいくて、さらにもう一曲続けた。

「ソフィア様」

突然聞こえたダーラの声にハッとする。少し離れたところに立つ彼女は、私を取り巻く状態に戸惑いの目を向けていた。

彼女の声に驚いたのか、それとも急に体を動かした私がいけなかったのか、動物たちは一斉に森へ戻っていく。

「どうされたんですか?」

呆気《あっけ》に取られた様子のダーラが、ジッと森を見つめながら近付いてくる。

「さあ?」

私にもよくわからず、説明のしようがない。

なんとなく猫に話しかけられたのは伏せておいた方がいい気がして、なにも知らないふりを通す。

「大丈夫ですか? 野生動物に襲われたりしていないですか?」

私の隣で足を止めたダーラは、頭の先から足の先までザッと見て無事を確認すると、やっと緊張を解いた。

「懐かれたみたいなの」と言えば、「そんなこともあるんですね」と軽く流しながら、手にしていたカゴの中身を広げていく。

これで納得するとか、いろいろと大丈夫なのだろうか心配になるが、サンザラの人間はこういう気質だったと、これまでのやり取りで納得できてしまう。私としても深く追及されるのが嫌だったから、今ばかりはこの楽観主義に助けられた。

「美味《おい》しそう‼」

並べられたのは、薄いパン生地に様々な具を挟んだサンドウィッチのようなものだった。パンの薄さに反して、具がぎっしりと詰められている。

中身は、これまで出された食事にも使われていた野菜や肉類のようだ。こちらの葉物野菜は随分と彩り豊かで、緑色だけでなく黄色や真っ赤な野菜がふんだんに使われている。もとの世界とは異なる食材だが、視覚でも味覚でも楽しませてくれるから私のお気に入りだ。

「少し早いですが、ランチにしましょう」

早速、手に取ってひと口かじる。瑞々《みずみず》しい野菜はシャキシャキとしていて美味しいし、肉に絡めた少し甘辛いたれには食欲が刺激される。あっという間に平らげて、ふたつ目に手を伸ばす。

「ふう。食べすぎちゃった」

「ソフィア様は、少食すぎますよ。これくらいは食べないと、体が持ちません」

いくら美味しいとはいえ、慣れない世界でクラリッサの厳しい目を気にしながらの食事は、緊張するばかりで進まないから仕方がない。


その後、久しぶりにお腹《なか》いっぱいに食べたせいで勉強の時間が眠気との戦いとなったのは当然で、クラリッサの視線がいつも以上に鋭くなるのを必死に見ないふりをしていた。

本日最後の予定であるダンスのレッスンを終えて窓の外を見ると、もうすっかり暗くなっている。今すぐにでも寝てしまいたいところだが、ダーラに促されて渋々湯浴みへと向かう。

やっと解放されたとベッドに潜り込むと、なにかを考える間もないほどすぐに眠りについた。

「う……ん……」

人が気持ちよく寝ているというのに、邪魔をするように肩を揺すられる。寝ぼけながらそれを手で払っていると、次は頬をぺちぺちと軽く叩かれた。

もう、ゆっくり寝させてよ！と、不快感を隠しもしないで雑に払う。

「……ぃ。……おい」

「……に……よ……」

あまりにしつこくて、眉間にしわを寄せた。寝返りを打って、なんとか逃れようと試みる。

「おい、襲うぞ」

「ひいっ……ん……」

突然耳元で囁《ささや》かれて悲鳴をあげそうになったけれど、すかさず口を塞がれてしまい、くぐもった声になった。

「大声を出すな」

声の主が男性だと気付いて、瞬時に身を強張らせる。背後から口元を押さえられていては、起き上がるのも不可能だ。

必死で視線を辺りに巡らせて状況把握に努めたが、薄暗くてよくわからない。その間、背後にいる人物はさらになにかをすることはなく、私が落ち着くのを待っているようだ。

体を起こさなければどうしようもないと気付き、大声は出さないとアピールするように相手の腕を軽く叩いて、私の口を塞ぐその大きな手をどけてもらう。

恐る恐る振り向いて徐々に視線を上げていくと、ベッド脇には不機嫌な表情の美男子が立っており、ジロリと私を見下ろしていた。

室内の薄暗さに目が慣れて、男性の顔も鮮明になる。

思わず二度見をしそうになるほど整った容姿に、恐怖心も忘れて呆けてしまう。

夜の闇に紛れてしまうような深い漆黒の髪は、窓から差し込む月明かりに妖しく照らされている。そういえば、この世界で目にした人に同じ髪色をした者はいなかった。日本では見慣れた色だが、ここでは珍しいのかもしれない。

透き通ったエメラルドグリーンの瞳は、まるで宝石のように美しい。少し薄い唇が、不機嫌に歪められているのが残念でならないけれど、そんな表情をしていても彼の容姿は損なわれない。

「どちら様でしょうか？」

「それはこっちのセリフだ」

鋭く睨みつけてくる視線と不機嫌な口調に、怯《ひる》みそうになる。

そもそもここはどこだっただろうかと彼から視線を外し、ようやく寝室だと気付く。

そこに他人が、しかも異性が侵入してきたという異常事態に一気に緊張感が高まった。

この場に堂々と入ってこられる男性といえば、ひとりしか思いつかない。まさしく、近々夫となる予定のあの人だ。

答えを導き出すと同時に、背中に嫌な汗が伝う。きっと私は今、驚愕と恐怖が入り混じった表情をしているに違いない。

「も、もしかして、エドワード様、ですか？」

どうか違っていますようにと願いながら、震える声で問いかける。いや、違っていたらそれはそれで誰なのかとさらに怖くなるが。

明らかに不機嫌な相手をこれ以上刺激しないように、視線を合わせたままゆっくりと体を起こす。危険なものは持っていないし不意をつくような動きもしないと、両手をお腹の前で組んで彼から見えるようにしておく。

「いかにも。で、おまえは誰だ？」

鋭さを増した視線が、ますます私を追い詰める。

「わ、私は、サ、サンザラ王国から参りました、ソフィアと申します。この部屋で過ごすように言われて……」

「チッ。この国の人間は、なにを考えているのか。おまえもだぞ。婚儀の前から同室なんておかしいと思わなかったのか？」

たった今それに気が付きました、などとは言えそうにない。

同じ王族とはいえ、エリオットと似ても似つかない言葉遣いにギョッとする。兄弟だというのに、醸し出す空気はまったく違う。

「ところで」

そう切り出すと同時に、キラリと光るエメラルドの瞳にビクッと体を揺らす。気圧《けお》されそうになるのを必死でこらえ続ける。

「おまえは誰だ？」

一瞬、頭の中に〝？〟が浮かんだものの、怒らせてはいけないともう一度名乗る。

「フローレンス・オブ・ソフィアです」

慣れない名前を詰まらずに言えたと、密かに満足した。それにもかかわらず、エドワードは厳しい視線を私の全身に走らせて、眉間に深くしわを寄せた。粗相をした覚えはないのに、疑いの目を向けられる理由がわからない。

「似て非なるもの」

低い声で放たれた言葉に、ドキリとする。この人は、私がニセモノだと完全に決めつけているようだ。自他ともに認めるほど似ているのに、なにが彼に疑念を抱かせているのか。

「ど、どういうことでしょうか？」

とにかくニセモノだと認めるわけにいかず、抵抗を試みる。

「どうもこうもない。そのままだ。おまえ、ソフィア本人じゃないな」

「うっ……」

「もう一度聞く。おまえは誰だ？　返答次第では、今すぐ拘束する。場合によっては……」

そう言いながら右手をかけているのは、間違いなく剣の鞘《さや》だ。きっと本物なのだろうと、想像したこの後の流れに顔が引きつる。

この人、本気だ。冗談ではなく、本気でヤるとその鋭い目が語っている。

できれば死ぬ前に、イアンに不満を思いっ切りぶつけたかった。なにもする前から、ニセモノだとバレるなんて聞いていないと。

まったく〝大丈夫〟ではなかったと嘆いても、もう遅い。

見破られてしまったからには、腹を括るしかない。サンザラの人たちには悪いが、まずは自分の身の安全確保に努めたい。

「しょ、正直にお話しするので、怒らないで聞いてください。私の名前は……」

ゴクリと喉を鳴らす。剣を引き抜くのだけは勘弁してほしいと願いながら、ゆっくりと口を開く。

「月森さや香といいます」

名乗った途端に、エドワードはますます顔をしかめる。おまけに、鞘に添えられた右手にぐっと力を込めたのが視界の端に見えてしまった。

本名を明かしただけで殺されそうになるなんて、理不尽すぎる。

「ちょ、ちょっと落ち着いてください。あ、怪しい者ではありませんから」

「怪しさの塊でしかないおまえが言っても、なんの説得力もない」

まったくもってその通りで、反論はできない。

それでも、初対面でいきなりどうこうされなかったため命を簡単にあきらめられるわけもなく、彼を見上げる目に力を込めて、必死に身の潔白を訴えた。

「わ、私は、サンザラの人たちにここへ連れてこられたんです。あなたを害そうとかそんなつもりはなくてですね、えっと……」

しどろもどろになりながら、倒れていたところを助けられて、そのままこの城へ来た成り行きを説明する。

「──諸事情があって、私にここで過ごすようにと」

一瞬も逸《そ》らさずに私を捉えていたエメラルドの瞳が、ゆっくりと伏せられる。どうやら、問答無用で罰せられる危機は脱したようだ。私の話を思案するエドワードの反応を、胸の前で両手を握りしめながら待つ。

「ふう」

膠着《こうちゃく》状態がしばらく続いた後、エドワードは息を吐き出してやっと右手を鞘から外した。

「とりあえず、もう少し詳しい事情を聞かせてもらおうか」

こうなったら、本来の自分についても包み隠さずすべて話す覚悟だ。

エドワードは脇にあった椅子を引き寄せて座ると、長い足を組んで〝続けろ〟というように手を振った。

「あり得ない話に聞こえるかもしれませんが」

これから話す内容が、荒唐無稽なものだと自覚している。口を開いて早々に再び警戒されないように、前置きをしっかりしておく。

「改めまして、私の名前は月森さや香と申します。おそらくですが、私はこの世界ではないどこか違う……異世界から来たのだと思います」

突拍子もない話に、エドワードはピクリと眉を上げた。けれど、なにも口を挟まないところを見ると、疑いながらももう少し聞く気はあるようだ。

「私が暮らしていたのは、日本という国です」

どこまで話したらいいのかと迷うが、長々聞かせても仕方がない。ここへ来るきっかけとなった、あの事故の話から始める。

「家に帰ろうと歩いていた時、猫が道に飛び出してしまったところに居合わせて、助けようと私も飛び出したんです。その時に車が……馬車のような乗り物にぶつかって、気付いたらサンザラ王国の道端に倒れていたようです。あっ、きょ、今日の昼間に、中庭でその猫に再会したんですが、私が死にそうになっていたからこちらの世界に連れてきたと言われました」

話している私自身が半信半疑だというのに、果たして彼は信じてくれるだろうか？

顎に手を当てて考え込んでいるエドワードを見つめる。眉間のしわは薄れているが、すべてを信じてくれたとは言い難そうだ。

「なるほどな」

「え？」

自分で言うのもおかしいが、今の話のどこに納得したのか。逆の立場なら、絶対に嘘だと決めつけていただろう。

「ソフィア王女が攫われたのは、噂話程度に知っている」

「さ、攫われた……」

その部分についてはぼかして話したが、意味がなかったようだ。

イアンたちの様子からすると、王女様が攫われたのは極秘事項だったはず。

でも、そうだ。あの人たちは争いごとを嫌う平和主義者で、かなり楽観的だ。知られていないと安直に思い込んでいるだけの可能性も否定できない。目撃者の存在とか、なにも考えていなそうだ。

「俺は、朝方まで盗賊の討伐に行っていた。そこでソフィア王女の噂を耳にした。真偽のほどは確かめられなかったが、どうやら間違いないようだな」

「だから私がニセモノだと？」

「それもあるが、仮にも一国の王女として育った女が、こんなに品がないはずがない」

「なっ……」

付け焼き刃の礼儀作法しか知らないのは否定しない。でも、今の私はただ寝ていただけだ。まだボロどころか、なにひとつ晒《さら》してないはず。多分。

「淑女のかけらもない。おまけに、数日前に高熱を出して記憶に問題があるとか、できすぎてるだろ」

　イアン‼

　思わず心中で非難の声をあげる。思った通り、こんなごまかしはまったく通用していない。

「続き」

　顎を突き出して促す彼の姿こそ品がないのに、纏う空気によってそう見せないところが不思議だ。ちょっとしたしぐさですら様になってしまうのは、王弟という彼の身分がそうさせるのか、それともその容姿のよさのせいか。

「ちょうど通りかかったサンザラの馬車に拾われました。乗っていたイアンやダーラによると、私の外見はソフィア様にそっくりなんだそうです」

「確かに」

「お会いになったことがあるんですか？」

「いや。正式にはないな。が、結婚相手だと肖像画を見せられた。見た目だけなら、おまえそのものだ」

　この様子だと、結婚にはあまり前向きではないようだ。口調も態度も、明らかに煩《わずら》わしく思っているのを感じる。

「ソフィア様が攫われてしまったタイミングで、そっくりな私が現れたので、その……」

「身代わりになれと言われたんだな？」

さすがにそれを私が断言するのは、わずかばかりの抵抗がある。

これはイリアム王国を欺こうとした、サンザラ王国あげての詐欺だ。私や彼らの処遇を考えると、形だけでも真実はエドワードが勝手に推察したとしておきたい。

「くだらない。平和ボケしたサンザラらしい、浅はかな考えだな」

「ご、ごめんなさい」

まったく同意見だ。わかっていながら、我が身かわいさに止められなかった私にも非があるのは否定できない。

再び険しい表情になったエドワードは、もしかしてどう処罰しようかと考えているのだろうか？　その恐怖に手が震える。

それにしても、どうしてこれほど早く帰ってきたのだろうか。もう少し時間が稼げていれば、その間に本物のソフィア様と入れ替わる可能性だってゼロじゃなかったはずだと、筋違いな考えを抱いてしまう。

ただ猫を助けただけなのに、なぜこんな目に遭わないといけないのだろうかと、理不尽な境遇を恨む。

「ところで、ニホンと言ったか？　おまえの国は」

「は、はい」

「異世界……」

そこを確認してくる意味がわからない。

少しは信じてもらえるだろうかとわずかな期待もあるが、馬鹿にしているのかと切って捨てられる可能性の方が大きい。

「異世界……」

果たしてこの人はどんな決断を下すのだろうか。悲惨な未来しか想像できなくて、俯いてギュッと目を閉じた。

「すぐには信じ難いな」

期待は打ち砕かれて、ガクリと肩を落とす。

「サヤカといったか？」

「は、はい」

それでも本名を呼ぶあたり、彼が思い描いているのがそこまで悪い処遇ではないと信じたい。

そっと目を開けて様子をうかがった結果、後悔した。

そこには実に美しい、悪巧みを思いついたような笑みを浮かべるエドワードがいた。

「つまり、サヤカには後がない。ということだな？」

またこの発言だと、置かれている状況を忘れてうんざりする。

私がソフィア役を引き受けていなければ、どこかでのたれ死んでいたり、荒くれ者の慰みものになっていたりしてもおかしくないと、この人も当然わかっているだろう。

イアンたちと同じように、そこにつけ込もうとしているに違いない。

「サヤカがニセモノだと知っているのは誰だ？」

「ここに一緒に来ているイアンに、侍女のダーラとクラリッサ、護衛のレスター。それと、サンザラの国王も承知だそうです。あちらがどこまで把握しているかはわかりません」

「エリオットは？」

「ご一家とお食事をしましたが、疑っている様子はありませんでした」

「それなら、こちら側で勘づいている人間はいないだろう。ちょうどいい‼」

なにが⁉

私にとってはなにひとつちょうどよくなんかないと、首を小さく横に振る。

ニヤリとする彼を、恐る恐る見つめた。変なことを言い出しませんようにと、切に願う。

「サヤカ、このまま俺と結婚しろ」

「なんで⁉」

願いも虚しく突拍子もない要求をされて、敬語も忘れて聞き返す。

イリアム王国を欺いた罰として、問答無用に首をはねられるのだけは勘弁してほしいが、このままソフィア王女として結婚しろだなんて絶対に拒否したい。

「なんで、か。ひと言で言えば、都合がいいからだ」

「都合？」

「そうだ。見ての通り、俺は隣国から嫁いでくる王女を後回しにするくらい忙しい身だ。今後も夫婦関係を築く時間などない」

やはり彼は、結婚に前向きじゃなかったようだ。

「だが、今回の話だけはどう足掻《あが》いても断りきれなかった。エリオットに頭を下げられたしな」

実の兄とはいえ、国王陛下が頭を下げてお願いするのは違和感がある。政治上の理由があるのなら、命令するのが筋ではないか。

「ドルガの動向を考えれば、イリアムがサンザラに介入するのは必須だ。でも、そこには確固たる理由が必要になる。下手をすれば無用な争いに発展しかねないからな。同盟を組むくらいのものではなく、切っても切れない強固な理由。それがこの結婚だ」

ドルガは確か、サンザラと隣接していたはず。サンザラを足がかりにして、そのままイリアムまで攻め入ろうと企んでおり、放っておけない国だ。

「でしたら、サンザラを取り込むとかすればいいのでは？」

自分の立場を忘れて、つい口を挟む。

「少しはこの辺りのことを知っているのか？」

「あなたとの結婚までに、最低限の知識を身につけておくようにと、毎日勉強漬けにされています」

「くだらん。それで騙し通せると思われていたとは、俺もこの国も、随分甘く見られたものだな」

心底不機嫌そうに言い放つエドワードに、まるで私だけが責められているような気にさせられて、慌てて言い訳をする。

「イアンたちも、必死に本物のソフィア様を捜しています。決して、この国を軽んじたわけではないはずです」

「ふん、まあいい。とにかく、サンザラは国として残しておくことが重要だ。対立する二国家が国境を接しているなど、利点はひとつもない。サンザラという緩衝材は、必要不可欠だ」

　敵対する大国に挟まれているにもかかわらず、どうしてサンザラの人たちは呑気でいられるのかと、イアンらの言動に首を傾げる。

「それだけじゃない。あの自然豊かな美しい国は、どうにかして残したい。ドルガに侵略されれば土地は荒れ果て、二度と元の姿を取り戻せなくなるだろう」

　平和ボケだとサンザラを見下した人の発言とは信じられず、聞き入っていた。きっとこれこそが、彼の本音なのだろう。

　言葉に荒々しさはあるけれど、根は優しい人に違いない。

「だから、サヤカにはこのまま俺と結婚してもらう。おまえとなら、プライベートな時間まで無理に夫婦を演じずに済むから好都合だ」

　少しだけホッとしていると、またもや不穏な言葉が降ってくる。

「本気でしょうか？」

「ああ。このまま城を追い出されても、おまえに行く当てなどないんだろ？　だったら、俺の提案を受け入れた方がサヤカにとってもいいはずだ」

その通りだとしても、簡単には承諾できる話ではない。

「そもそも、本物が戻れば入れ替わる手はずになっているんだろ？」

「はい」

見つからなかったらどうするのかと聞きかけて、藪蛇《やぶへび》になりかねないとやめた。物事は、明確にしておかない方がいい時もある。

「それに、事情を知ったサヤカがこのまま形だけの婚姻に応じれば、俺としてもこれ以上うるさく結婚をせっつかれずに済む」

「大変なんですね。立場のある人って」

ポロリとこぼれ出た不用意なひと言に、エドワードの眉がピクリと上がり、しまったと反射的に首を竦める。

「随分と他人事だな」

だってその通りではないかとは、思っても言えない。

「なんならこのまま、婚儀の前に婚約者殿と一夜を共にしてもかまわないが？　そうすればおまえも、当事者として考えられるんじゃないか？」

「い、一夜⁉」

それがなにを指しているかを察して、驚きと恐怖に声が裏返る。

私はあくまでニセモノであって、そこまで演技するつもりはさらさらない。そうなる可能性は確かに頭をよぎったが、それに対して覚悟なんてあるわけがなく、なんとしても逃げ切りたい。

「じょ、冗談を……」

「冗談？」

再び鋭さを増した視線に、思わず後ろに身を引く。

「だ、だって、あなたは女嫌いだって。そ、その、同性の方が……」

「なんだと」

「ひぃ」

さらに目を吊《つ》り上げるエドワードに、震える手をぐっと握り込む。

本気で怒らせてしまったのかもしれない。

若干私の妄想も入っているが、ダーラから聞いた情報はでたらめだったのだろうか。

「その口、二度とふざけたことを言えぬよう、塞いでやろうか？」

「ご、ご、ご、ごめんなさい‼　もう言いません」

思わず口元を押さえて首を高速で左右に振っていると、エドワードはとりあえず浮かせた腰を下ろしてくれた。

「ち、違うんですね？」

女性嫌いというのは、と付け加える前に、怒りのこもった目でギロリと睨みつけられる。

そのまま素早く詰め寄って私の顎に手を添えると、彼の唇で私のそれを塞いだ。

呆気に取られて、身動きひとつできなくなる。

しばらくして唇を離したエドワードは、ニヤリと不敵な笑みを浮かべながら私の耳元で囁く。

「今すぐ証明してやろうか？　俺が女嫌いかどうか」

「なっ」

ハッとして彼の胸元を押し返したが、鍛え抜かれた逞しい体はビクともしない。

「まあ、そんな貧相な体では、さすがに欲情する自信は……なあ？」

完全に馬鹿にした視線を向けられているが、動揺した私はそれどころではなくて必死に拒否する。

「ひ、貧相で結構なので、やめてください。私なんて相手にしてくれなくてかまいませんから！」

貞操を守るためなら、体型を馬鹿にされてもかまわない。

必死で訴える私に、一瞬気の抜けた表情をしたエドワードは、直後に全身を震わせて笑い出した。

「くく……くっははは……」

初めて表情を崩した彼を前に、呆然とする。

「おまえ、変なやつだな」

ムッとしたものの、さすがに言い返しはしない。余計な発言をすれば窮地に陥るのは、この数分で学習済みだ。

「俺に目をかけてもらえるのならと、媚《こび》を売ってくるやつは山ほどいたが、全力で拒否する女は初めて見た」

その女性らと楽しい時間を過ごしてきたとしたら、噂なんて当てにならない。

おかしそうに笑うエドワードには、さっきまでの不機嫌さがいっさいなくなった。

その自然な姿から、目が離せなくなる。

「イアンやダーラに女性嫌いだからって聞いて、安心してたのに」

絶対に聞こえていないほど小声の悪態だったはずなのに、しっかり拾われる。

「まだ言うか」

逃げる間もないまま、再び乱雑に唇を塞がれた。

「んん……」

噛みつくように口づけられて、息苦しくなる。

何度も角度を変えながら唇を食《は》まれてようやく解放された頃、私だけ息が上がっていた。

見せつけるように、エドワードがペロリと自身の唇を舐《な》める。その艶《なまめ》かしさに、状況も忘れて見惚《みと》れてしまった。

「覚えておけ。俺は女嫌いなわけじゃない」

低い声で言う彼に、コクコクと首を縦に振って、ちゃんと理解したと精一杯伝える。

「俺には女にかまけている暇などないだけだ」

それまで脅すような口調だったエドワードが、今放ったひと言だけは妙に真剣で、誠実そうな視線を向けてくる。彼にとっては、それ以上でもそれ以下でもない。そんな本音が、私の中にストンと落ちてきた。

「ごめんなさい。聞きかじった噂話だけで、あなたを判断していました。本当に、ごめんなさい」

彼が私の話に耳を傾けてくれるから、すっかり気が緩んで失礼な態度を取ってしまったと、自分の非を認めて頭を下げる。

私に近付いた時、彼の襟ぐりから覗く首筋や袖から出ている腕には、決して少なくない数の傷が見えた。この人はこの国の騎士団長として、その責務に真剣に取り組んでいるのだ。

なにかひとつのことに自分のすべてをかけて向き合うのは、私にだって多少は理解できる。わずか数年とはいえ、私は声楽にすべてをかけてきたから。

だからこそ、こんな風に彼を軽んじるべきではなかった。

「悪かったな」

「え？」

俯く私にかけられたひと言は、意外なものだった。謝るのは私の方だ。

私から体を離したエドワードが、若干決まり悪そうな顔でこちらを見てくる。

「初めてだったんだろ？」

「ハジメテ……」

そう呟いて、自身の唇に指でそっと触れる。

確かに、さっきの口づけがファーストキスだった。けれど、わけのわからない世界に迷い込んで理解の追いつかない中、それを奪われたくらい些細《ささい》なことだと認識していたようで、特別な感情は湧いてこない。

「そうですけど。正直、信じられない出来事ばかりが続いて、初めてだなんて自覚すらなかったというか……」

「それでも、サヤカは涙を流している」

私を怯《おび》えさせないようにゆっくり間合いを詰めたエドワードが、濡れた目元をそっと拭う。自分が涙を流していたなんて、気付いてもいなかった。

「突然知らない世界に連れてこられて、こんな役を押しつけられたら不安でしかないよな」

この世界に来て初めてかけられた私を案じる言葉に、溢《あふ》れだしたしずくが頬を伝う。涙が止まらない私を、エドワードがそっと抱き寄せた。そのまま自分の胸元に私を優しく押しつけると、繰り返し頭を撫でてくれる。

この涙に、いったいどんな意味があるのだろうか。決して、口づけられたショックだけが原因ではない。自覚がなかったが、精神的にいろいろと限界に達していたのかもしれない。

「ごめんなさい」

落ち着きを取り戻したのは随分経ってからで、彼はその間なにも言わないでただずっとそこにいてくれた。

「もう、大丈夫か?」

「はい」

　そっと体を離されると、途端に温もりが恋しくなる。腕を伸ばして追い求めそうになるのを、グッと我慢した。

「サヤカ、取り引きだ」

　この状況にそぐわない単語に、首を傾げる。

「さっきも言った通り、俺はサヤカが妃《きさき》となってくれると、煩わしさから解放されてかなり助かる」

　わかるか?と尋ねてくる彼の視線に、コクリと頷き返す。

「だから、そうだな。少なくとも、本物のソフィア王女がここへ連れてこられるまでは、サヤカにいてもらいたい。それでだ。サヤカはどうしたいか、希望はあるか?」

「私?　私は……できるなら、日本に帰りたい」

　そう訴える私に、エドワードは視線を合わせて頷いた。その瞳が、ほんのわずか陰った気がしたのは、見間違いだっただろうか。

「それが可能かどうかはわからないが、ソフィアのフリをしてくれるのなら、俺もサヤカがもとの世界へ帰れるように最大限の協力をしよう。それが不可能だとしても、せめてサヤカが快適に暮らしていけるように尽力すると誓う。とりあえず今は、この部屋の中でだけは素のサヤカでいてくれてかまわない。決して咎めはしないと約束する。だから、俺との取り引きに応じないか？」

考えるまでもない。ここで突っぱねたら、私の未来は潰えてしまう。

たとえ日本へ帰れないとしても、絶対生き抜いて、あの孤児院で子どもたちと歌を歌いながら過ごす未来を実現させてみせる！

クラリッサの口出しによってあきらめかけていた希望も、王弟殿下であるエドワードが味方につけば、きっと叶えられるはず。

「わかりました。私にはありがたすぎる提案です」

「よし、成立だな」

それから、大まかな擦り合わせをした。

私が〝さや香〟であるのなら、エドワードは〝ソフィア〟と呼ぶつもりはないらしい。それは、ある意味当然だろう。私をその名で呼ぶのは、本物に対して失礼だ。彼が、ニセモノの私をその名で呼ばないのは理解できる。

「さすがに〝サヤカ〟では、俺が事情を知っていると言っているようなものだな」

どうするかとしばらく考え込んだエドワードは、なにかを思いついたのかパッと明るい表情になる。

「サーヤだな。俺の母親の出身国なら、ソフィアをそんな愛称で呼んでもおかしくない。ソフィアの響きとも遠からずだしな」

「はあ」

近からずでもあるような気がするが、彼が楽しそうな顔をするから野暮な発言は控えておく。

「それから、俺たちが不仲でいれば、次は側妃だのなんだの言い出しかねない。エリオットに息子も生まれているというのに、数代前に王家の男児が途絶えそうになって以来、時の宰相や大臣らはかなり神経を尖らせてきた。もちろん、今もだ。当然それなりに通じ合っているようにしてもらうぞ。手始めに、サーヤも俺をエディと呼ぶように」

「わかりました」

これが日本人の名前だったら、絶対にすんなりと呼べていない。免疫がなさすぎて、さすがに恥ずかしい。

でも、エディならペットを呼ぶ感覚でいけそうだ。それを正直に言えば、きっとまた彼を不機嫌にさせるだろうから絶対に黙っておく。

「当たり前だが、サーヤがソフィアじゃないと俺に知られているのは伏せておくぞ。サンザラの者たちにはなにも言うな」

「どうしてですか？」

これから友好関係を築いていこうとしている同士だ。ソフィア様の一大事を当事者が把握しているとなれば、もう少し動きやすくなるはずなのに。

なにを思いついたのか、エディが再びニヤリと笑う。

「その方が、おもしろそうだろ」

ふざけた返しに、一気に脱力した。

「というのは冗談で」

本当なのかと、疑いの目を向ける。

イアンとダーラの話から、エディは厳しいとか堅物という印象でいたが少々違うようだ。もちろん厳しい一面もあるのだろうが、今の彼はまるでいたずらを思いついた男児のようだ。当然これも言わないでおくが。

こんな一面もある彼となら、なんとか付き合っていけるかもしれないと、見通しが明るくなる。

「秘密を知っている者は、少なければ少ない方がいい。それに、俺とサンザラの者の間で板挟みになるのはサーヤだ。いつ知られてしまうかとビクビクさせておけば、サーヤへの接し方も手厚くするだろう。うまくいっているとでも言い続けておけ」

彼の言う通り、後ろめたい秘密を知られてはいけないからこそ、サンザラの人間は身代わりである私に対して横暴な態度は取れない。

ソフィア王女になり切るための勉強は、確かにつらいものがある。でも、役目を終えてからもこの世界で生きていかなければならないとしたら、得られる知識は無駄ではないはずだ。

「ありがとうございます」

エディの配慮が嬉しくて笑みを浮かべると、彼も同じように微笑《ほほえ》み返してくれる。

〝同志〟とでもいうのか、私たちの間に確かな繋がりが生まれたのを感じた。

「そうだな……仲睦《むつ》まじさを演じるために、寝室を共にするのだけは譲れない」

「え⁉」

外部から見えないところに、そんな演技はいらない。

「どうせ女っ気もなく、結婚する意思を少しも見せない俺への嫌がらせだろう。観念させたいがために、宰相あたりが仕組んだに違いない。あいつは、俺の事情なんておかまいなしだ」

それはそちらの都合であって私とは関係ないのにと、唇を尖らせてしまう。

「別室で夜を過ごせば、侍女たちによってすぐさま報告がいくはずだ。そうなれば、さらにふたりで過ごす時間を持つように強要されて、逃げられなくなるぞ」

「逃げられない、とは？」

「つまり、子をなせということだ」

「なっ」

無理だ。絶対に無理。あり得ない。

そもそもまだ十七歳で恋愛経験もない私が、偽装結婚をさせられた上に、いろいろと飛び越えて子どもを作らされるなんてひどい話だ。

それに、エディがさっきチラッと漏らした通り、彼の子は王位継承にも関わってくるかもしれない。その母親がニセモノの王女であっていいはずがない。

「安心しろ。さっきも言ったが、そんな貧相な体じゃあ、なあ」

ムッとはするけれど、そういう意味で興味を持たれないのは好都合だ。

「まあ、サーヤから頼まれれば、やぶさかでもないが」

「そ、そんなの、頼むはずがありません‼」

「そう？」

完全に馬鹿にされている。エディは私の危機を楽しんでいるようだ。

「まあ、サーヤ次第だ」

そんな日は永遠に来ないと、心の中で舌を出す。

話は終わりとだと立ち上がったエディが、背筋を伸ばす。改めてその姿を見ると、彼はかなり背が高いようだとわかる。

「そう怒るな。むやみやたらに、襲ったりしない」

私の心中など、彼にはお見通しのようだ。

「幸い、ベッドは広い。一緒に寝るくらい、どうってことないだろ？　それに、俺は城を離れることが多い。だからサーヤ、観念して夜はここで過ごすんだな」

大きな手で頭をひと撫でされて、頬が熱くなる。

「俺はシャワーを浴びてくるが、襲われたかったら起きて待ってるんだな」

待つわけがないと、頬を熱くしたままエディを睨みつけると、彼は楽しそうな笑い声をあげて自室へ戻っていった。

「もう、なんなのよ」

心臓はバクバクうるさいし、この後再びエディがやってくるとわかっているから落ち着かない。

起きていればきっとまたからかわれるに違いないと、ベッドのギリギリ端まで移動してシーツを頭まで被る。

必死に羊を数えている間になんとか眠りにつけたようで、エディが戻ったことに気付きはしなかった。

不自然な溺愛

「ん……」

窓から差し込む陽《ひ》の光に、自然と意識が浮上する。

大きく伸びをして、ゆっくりと瞼を開く。いつもより明るい室内の様子に、どうやら寝過ごしてしまったようだと悟った。

そういえば昨日エドワード……いや、エディは結局このベッドで寝たのだろうかと背後を振り向くと、そこには確かに使われた形跡があるものの、彼の姿はすでにない。

先に眠りにつけてよかった。いくら広いベッドとはいえ、初対面の異性と一緒に寝るなんてかなり勇気がいりそうだ。

「起きなきゃ」

ベッドを下りて、急ぎ足で隣の私室に向かう。

「おはようございます、ソフィア様」

いつからいたのか、既にダーラが控えていた。

「おはようござい……」

「ソフィア様」

挨拶を遮られて、どうしたのかと首を傾げる。

「あなた様は私の主人です。敬語を使ってはいけません」

出会ってから数回繰り返したやり取りだが、未だに馴染まない。私の常識なら褒められるところなのに……仕方がない。私の役目はソフィア王女になり切ることだから。

「おはよう、ダーラ」

そう言い直すと満足そうに頷いたダーラだったが、不意に不安な顔をする。

「予定外ですが、エドワード様が城に戻られております。昨夜は……」

そうか。エディの帰還がサンザラの人間にも伝わっているのなら、私とエディが顔を合わせたのも把握しているのだろう。

ダーラは、私がボロを出していないか探りたいのだ。

「夜中にエディと対面して、少し話をしたわ」

「エディ?」

「ああ、そうそう。これから夫婦としてやっていくのだからと、お互いに愛称で呼ぶように言われたの」

「まあ」

ダーラの顔が瞬時に綻ぶ。

「私を、本物のソフィア王女だと思ってるはず」

ひとまず危機は脱したと、彼女を安心させる。

「寝室の方では、その……」

言いづらそうにしているのは、おそらくプライベートな話を聞きたいからだろう。

「なにもないわよ。まだ正式に結婚したわけじゃないんだし」

万が一間違いが起こってニセモノの私が妊娠したら、サンザラ王国としては大問題になる。

ふと疑問に思う。もし私が身籠った後に本物のソフィア様が見つかったら、どうするつもりなのだろうか？　そこは私だけ入れ替わって、本物の王女様が子どもを引き取るのか。

そんなとんでもない想像をすると、エディに事実を明かしたのは間違いではなかったと確信する。

同時に、あからさまにホッとするダーラに不快な気持ちになる。サンザラの人間は、あまりにも無責任だ。

「それより、寝坊しちゃったわ」

「大丈夫ですよ。エドワード様より、慣れない環境で疲れも出ているだろうから、ソフィア様が起きるまでそっとしておくように言付かっておりますので」

「エディが？」

「はい」

私の事情を知っているからこその配慮に、心が温かくなる。彼に優しくされると、この世界に来ていきなり背負わされたものに対する不安が少しだけ軽くなるようだ。

「ソフィア様。本日は勉強を控えて、ごゆっくりなさってください」

「いいの？」

「エドワード様からも、そう言われていますからね。ここまで随分頑張ってこられたのでかまいません。クラリッサは、ちょっと不満そうでしたけどね」

クラリッサの顔を思い起こして苦笑する。厳しい彼女なら、エディの言葉添えがなければ休憩など時間の無駄だと切って捨てそうだ。

「やったぁ！」

思わず手を握りしめて声をあげた。

「それじゃあ、今日はゆっくりさせてもらうね。あっ、ねえダーラ。お昼はまた、昨日の場所で食べてもいい？」

「大丈夫ですよ。厨房の方に、準備をお願いしておきますね。夜はエドワード様も同席のもと、国王ご夫妻とのお食事になっていますので、早めに準備しましょう」

表面上は「わかった」と返しながら、心の中で面倒だと愚痴る。

それでも、エディがいるのならすごく心強い。

「エドワード様が帰城されたので、婚儀のスケジュールも確定されると思います」

「ねえ、ダーラ。婚儀は当初の見立てよりも早まるんじゃないの？」

薄茶色のダーラの瞳が、わずかに揺れる。

この結婚にイリアム王国にも利があるとはいえ、サンザラは守ってもらう立場になる。表向きはほぼ対等な関係とされているが、実情なんて誰が見ても明らかだ。圧倒的にイリアムの発言力が大きい。だからこそ、婚儀という大きな出来事にもかかわらずサンザラに決定権はなく、イリアムの都合が優先される。

婚儀までに残された時間は、こちらが予定していたよりも確実に少ない。待つ理由がないのだから当然だ。

「おそらく、そうなると思います。しかし、婚儀にはサンザラから国王を始め、二国と関係の良好な近隣諸国からも要人が招かれます。ですので、明日すぐになんてことはありません」

それくらい、私だってわかっている。けれど、もともと決まっていた結婚なのだから、できる準備は進められていたはず。いずれにしても、残された時間はあまりない。

「スケジュールの調整は、サンザラ側はイアン様が窓口になっています。少しでも先延ばしにできるよう、取り計らっているはずです」

もちろん、イアンだってなんとかしようと奮闘しているだろう。でも楽観的な彼が、イリアムの人間に対してどこまで強く出られるのか。エディのようなやり手が相手なら、手も足も出せないかもしれない。

これは、聞いてもいいのだろうか？

サンザラ側は、私とエディが通じているなんて考えてもいないだろうし、探りを入れてきたのはダーラの方だから聞く権利はあるはず。

「ダーラ、万が一だけどね、本物のソフィア様が見つからなくて、私がこのまま結婚することになったら、その……本物の夫婦生活をしなきゃいけないの？」

「それは……」

言い淀むダーラの姿に、ゴクリと喉を鳴らす。

お願いだから、その時は事実を打ち明けると言ってほしい。

「正直なところ、イアン様とそこまで詳しく詰めていませんので」

ガクリと膝から崩れ落ちそうになる。

そうだった。サンザラの人間はこういう人柄だった。

この人たちは私をなんだと思っているのか。ソフィア様を連れてこられなかったら、このまま私を本物だと押し通す気でいるのだろうか。

楽観主義者が考えそうな、〝なんとかなる〟と言い切ってしまう姿が容易に想像できてしまうところが怖い。

そのくせ、もし本物のソフィア様が無事に見つかったら、私なんて二の次で見向きもしなくなりそうだ。もしそうされれば当事者としては腹が立つ。でも、彼らにしてみれば無自覚な悪意なのだと思う。

さすがに、入れ替わりがバレないようにするため、私を殺すなんてしないと信じたいが……。

あれ？　でも、よく考えたら、その時私はサンザラにとって目の上のたんこぶのような存在になっていそうだ。身の安全を保障するなんて言っていたが、サンザラに連れていかれても邪魔なだけではないか。嫁いだはずの王女が、変わらず国内にいたら絶対におかしい。

とすると、どんな行動に出るのかおのずと想像できる。

私にとって、状況がどう転ぼうと結果は悲惨だ。サンザラの人間とエディ。どちらを信頼すべきなのか。それとも、どちらも信じてはいけないのか。

「……様……ア様……ソフィア様‼」

「は、はい」

思わずピンッと背筋が伸びる。

「どうかされましたか？」

考えごとに没頭して、ダーラの話を聞いていなかった。

「ご、ごめんなさい。ちょっと疲れてるのかな」

「でしたら、もう少し寝室でお休みになりますか？　それとも、朝食をお待ちしましょうか？」

「少し食べて、休もうかな」

「承知しました。それでは、しばらくお待ちください」

部屋を出ていくダーラの背中を見送って、ソファーに腰を下ろす。

もとの世界で、私はどうなっているのか。覚えている最後の場面は、車に轢かれたところだ。あのまま、私は死んでしまったのだろうか。

私の居場所なんてどちらの世界にもないのかもしれないと、言いようのない不安に襲われる。

少しでも気を紛らせたくてなにかないかと室内を見回したが、無駄に終わった。一日の予定がなくなると、この城内での私の役割は積極的に探してみても見つからない。孤児院の訪問はクラリッサが許してくれないし、城の中をむやみに出歩くのも彼女に止められている。

王女という立場で、掃除や洗濯などをさせてもらえるはずもなく、誰かと気軽に会う予定も皆無だ。そもそも知人がいない。

こうなってくると、自分は必要とされていないのではと考えて落ち込む。

これがもし、本物のソフィア王女だったらどうしていたのだろうか？　拙い想像を巡らせてみる。

きっと、今の私のように時間を持て余すなんてないのだろう。頻繁にお茶会なんかを開いて着々と人脈作りに励みそうだと、日本で読んだ似た世界観の物語を思い出す。

「はあ」

ここが異世界なのは、もうとっくに認めている。ただ、どうせ迷い込むならこんな面倒事とは無縁なところがよかった。

「ソフィア様」

「ひっ……あ、ああ、ダーラ」

いつの間にか背後に立っていたダーラに、ビクリと肩が跳ねる。

「ノックはしたのですが、お返事がなかったもので」

「ごめんなさい。気が付かなかったの」

「そうでしたか。厨房の配慮で、朝食ではなくブランチにしてもらいました」

もうそんな時間かと、慌てて立ち上がって外に目を向けると、太陽は随分と高い位置まで上っていた。

「中庭へ行きましょうか」

「ええ。悪いけど、今日もひとりになりたいの。ダーラはイアンとの打ち合わせとか、自分の仕事をしていてよ」

怪訝《けげん》な顔をされたものの、私の様子からなにかを読み取ったのか、すぐに了承してくれた。

「では、用意だけしますね。あと、レスターには必ずついていてもらいますから」

「うん。ありがとう」

先日も訪れた中庭の芝生の一角に食事の用意を整えると、ダーラは下がっていった。

今日のメインには、具がぎっしりと詰まったパイのようなものが用意されている。早速ひと口かじってみると、中身はひき肉と数種類のナッツが混ざっているようで、カリッとした食感がおもしろい。使われている調味料は初めて口にするもので、スパイシーで癖のある味が食欲をそそる。

それから、デザートに彩り豊かなフルーツも添えられていた。私のお気に入りは、もとの世界の巨峰と同じ形状で、レモンのような明るい黄色をしているものだ。酸味と甘みのバランスが絶妙で、いくらでも食べられてしまう。

空腹を刺激する香りとカラフルな見た目に、朝よりも気分がわずかに浮上した。

「今日も来てくれるかしら？」

先日の光景を思い浮かべながら、目を閉じて小声で歌を口ずさんでいると、すぐに小さな気配を感じる。小走りに来るものもいれば、そろりそろりと近付いてくるものもいるようだ。

足に手をかけられたのを合図に、そっと目を開けた。

「今日も来てくれたのね」

足によじ登ってきたのは、私が助けた白猫だった。他に、数種類の鳥やうさぎもいる。それぞれつぶらな瞳を、一心に私へ向けてくる。

『元気ないね』

よほど暗い顔をしていたのだろうか。現金なもので、食事の時にはすっかり夢中になって食べていたが、終わってしまえば再び塞ぎ込んでしまう。

「そうかもね。いろいろと悩んでて」

『ふうん』

一応、探るような仕草を見せてくれるものの、そこは気まぐれな猫らしくそれ以上はなにも言ってこない。

私も、来てくれただけでいいかと納得して、鼻歌を歌い続ける。

「そういえば」

歌い終えたところで、私の足の上に座り込む猫に声をかける。『なに？』とでもいうように、猫は気怠げにしっぽを振った。機嫌は悪くないようなのに、ちゃんと聞こうという熱心さはない。

「名前はなんていうの？」

『そんなの、ないよ』

それでは不便だ。この出会いに運命を感じているし、今後もこうして私を癒しに来てほしいと願っている。それなのに、毎回〝猫ちゃん〟〝ねえ〟なんて呼びかけるのは、あまりにもよそよそしい。

「じゃあ、ユキって呼んでもいい？」

真っ白な毛並みに雪を想像して名付ける。

『単純』

口調は呆れているようだが、しっぽの振り具合からすればダメというわけではなさそうだ。

「ユキ」

試しに呼ぶと、声に出して返事はしてくれなかったが、しっぽの振りが勢いづく。うん、決まりだ。

それからしばらく、歌を口ずさみつつ、近付いてくる動物たちの体に手を這わせていた。

この子たちは野生ではないのだろうか。私が腕を伸ばしても、怯えたり逃げ出したりする気配はまったくなく、平気で触らせてくれる。

ユキなんて、まるでかいてほしい場所を指定するように自ら首を捻っているし、そうしながらゴロゴロと喉を鳴らす様子は完全に飼い猫だ。

動物たちに囲まれたほのぼのとした光景は自分の立場を忘れさせてくれるようで、

いつまでもこうしていたくなる。

そのままゆっくりとした時間を過ごしていると、突然ユキが頭を上げた。なにかを感じたのか、ジッと森の方へ目を向けている。同じように私も視線を向けたが、特に変わった様子は見られない。

気付けば、他の子たちもみんな森に意識を集中させている。動物にしか感知できない〝なにか〟がいるのだろうか。

「ねえ、どうしたの？」

尋ねてみたが、答えは返ってこない。耳に届いてすらいないかもしれない。

『ねえ、歌ってよ』

しばらくして、森に目を向けたままユキがねだってくる。この状況で、呑気に歌っていていいのだろうか。

『サーヤ、歌って』

「サーヤ？」

どうしてユキが、私の愛称を知っているのか。

困惑する私の膝を、ユキが催促するように前足でトントンとつく。ついでにしっぽで足を叩いてくる。

この子たちが捉えたものを見極めるように森を見据えたまま、とりあえず小声で歌い始めた。

緊迫したこの空気を少しでも和らげたくて自然と口をついて出てきたのは、祖母とよく一緒に歌っていた『山の音楽家』だった。ただ、声に隠しきれない緊張が滲んでしまい、狙い通りにはいかない。

一瞬、木々の間でなにかがキラリと光ったのを見逃さなかった。

「なにかいるの？」

相変わらず、私の問いに答える声はない。

体を強張らせる私に対して、周りの動物たちは一層リラックスしだした。森の方を気にしながらも、背筋を伸ばしたり、体をぺたりと倒して寝そべったり思うまま過ごしている。

カサッカサッと草を踏む微《かす》かな音を耳が拾う。それが徐々に近付いてくると同時に、大きな影が現れた。

「な、なに？」

慌ててレスターの方を見たが、彼はまったく気が付いていないようだ。もしかして寝ているのかもしれない。その目は、確実に閉じられている。

近付いてくるのが、肉食動物だったらどうしようか。

捻っていた首をギギギと音が鳴りそうなくらいぎこちなく戻し、再び森へ視線を向ける。

徐々に露《あら》わになる恐ろしい姿に、目を見開いたまま固まった。

「い、犬……じゃないよね?」

場を取り繕うように誰にともなく尋ねたが、返答はない。

離れているにもかかわらず、やってきた動物にも私の呟きが聞こえたのだろうか。

ジロリと睨まれた気がして、ビクッと体が跳ねた。

漆黒の艶やかな毛に、陽の光を受けて宝石のような煌《きら》めきを見せるエメラルドグリーンの鋭い瞳。その姿に恐怖を感じているは確かなのに、綺麗だと感動する自分もいる。

周りにいる小動物に比べるとかなり大きく、大型犬のサイズも軽く超えているようだ。全長二メートル近くありそうで、襲われたらひとたまりもないだろう。

「狼《おおかみ》?」

再び私の呟きを拾ったのか、まるで正解だとでもいうようにその美しい瞳を瞬かせた。狼は、私を見据えたままゆっくりと近付いてくる。

強い意志を感じるその瞳から、いっさい目を逸らせない。

ユキを始め動物たちは相変わらず寛《くつろ》いでいるようだが、怖くないのだろうか。中には自ら狼に近付いていく子もいて、止めようとっさに腕を伸ばした。

「あっ‼」

〝危ない〟と言いかけて、口を噤む。

漆黒の狼は、自分の足の周りで飛び跳ねるうさぎをジッと見つめている。幸いにも、すぐさま襲いかかる様子はない。

「た、食べるの？」

私の問いかけに顔を上げた狼が、まるで咎めるような視線を送ってくる。今の呟きを、否定しているのだろうか。

足元のうさぎに顔を近付けると、狼は自身の鼻でうさぎの胴を軽くつっついた。うさぎも慣れているのか、驚いたり恐れたりする様子はなく、軽く戯れてから私の方へ戻ってくる。

同時に、狼も再びこちらへ歩みを進めた。それを見つめる私は、あまりの緊張に呼吸すらままならない。

堂々と歩く狼に、まるで〝どうぞ〟とでもいうように動物たちが道を空けていく。

とうとう私の真横に来ると、足を止めてこちらの様子をうかがいながら、ゆっくりと顔を寄せてきた。

魅せられたようにジッと目を合わせる。綺麗なエメラルドの瞳の中にわずかな緊張が滲んでいるような気がして、小さく首を傾げた。相手がなにもしてこないせいか、徐々に恐怖心が薄れていくようだ。

互いに微動だにしない時間が続く。

なにがきっかけだったのか、狼がようやくふっと緊張を解くと、私が声を発する間もなく大きな頭を肩に擦りつけてきた。

やがて満足したのか、その場に寝そべって横から私に頭をもたれかけさせる。

うさぎも鳥も他の動物たちも、まるで甘えるように狼に擦り寄っていく。腹のあたりにうずくまる子もいれば、しっぽにじゃれる子もいる。その様子から、動物たちがこの狼を慕っているのが伝わってきた。

狼の方も嫌がりはせず、時折しっぽを振って優しくあしらう。

そんな弱肉強食を無視した行動に、呆気に取られていた。

『サーヤ、歌って』

ユキに催促されて、ハッとする。もしかしてこの狼も、歌に誘われてやってきたのだろうか？

ふとそんな気がして、請われるまま歌を口ずさむ。

大きな頭を私の足にのせ直した狼は、やがて完全に目を閉じてしまった。


どれくらい時間が経っただろうか。

狼の耳がピクリと動く。それに少し遅れて、ユキたちもわずかに身じろいだ。

突然パッと目を開いた狼は、まるでため息をつくように息を吐き出すと、ゆっくり顔を上げた。

その様子をじっと見ていた私に、狼が視線を合わせてくる。

「綺麗ね」

煌めくエメラルドの瞳を間近にして無意識に呟くと、意味がわかっているのか、狼はふっと表情を緩めた。

「うわっ」

表情豊かな狼にすっかり魅了された私の頬を、不意打ちにベロリとひと舐めされる。

私が慌てふためく間にサッと立ち上がり、そのままゆっくりと歩き出す。徐々に加速して、やがて小走りに森へ戻っていく後を、ユキたちも追いかけていった。

「ソフィア様」

動物たちが走り去った森を見つめていると、背後からダーラに声をかけられて振り向く。いつのまにかレスターは目を覚ましていたようで、近付く彼女と会釈を交わしていた。

「ゆっくりできましたか？」

足を止めて問う彼女に、コクリと頷く。

「顔色がとてもよくなりましたね」

それはきっと、動物たちと触れ合えたからだろう。よい気分転換となり、前向きな気持ちになれた。

彼女が気付いていないのならわざわざ明かさなくてもいいだろうと、狼についてはひと言も触れないでおいた。


午後からは、ポリーに城の中を案内してもらう予定だ。

ひとりでの移動が禁じられているため、目的地までの道順はどうしても人任せになって覚えられていない。訪れる場所も限られており、この城の全容がどうなっているのかまったくわからなかったから楽しみにしていた。

「本当はもっと早くに案内したかったのですが……」と、サンザラの人間をチラリと見るポリーに、クラリッサあたりが止めていたのだろうと想像がつく。本物のソフィア様が知らない知識を、私につけさせたくないのだ。

私にはいろいろな意味で、無知でいさせたいのだろう。

「あちらは、騎士団が詰めている塔になります」

バルコニーに出てポリーが指し示したのは、ここへ来た時に見張り台だと思っていた塔だ。位置的には、狼のやってきた森を抜けた先になる。

「エドワード様の執務室も、あの中にあるんですよ」

騎士団といっても、エディが率いているのは主に国外からの侵略や盗賊らの討伐を担う部隊だと聞いている。他にも、城を守る騎士や、要人警護の近衛騎士などいくつかの種類があるらしいが、初めて耳にする内容ばかりで理解が追いつかない。

まだ婚儀を済ませていない立場では入れない場所が多く、その後は図書室とたくさんの花が咲き誇る庭園を見せてもらった。案内された場所は今後自由に行ってよいと言われたが、果たしてクラリッサは許してくれるだろうか。

王城巡りを終えて部屋に戻ると、エディらとの夕食会のためにダーラに手伝ってもらいながら着替えをする。

「一日に何回も着替える必要なんてある？」

椅子に座り、髪を結い直してくれるダーラを鏡越しに見ながら愚痴をこぼす。

「ありますよ。あなたは王女様なのですから、時と場に合わせた装いが求められます」

「王女様って、なかなか面倒なのね」

サイドの髪が器用に編み込まれていく様子に視線を移した。複雑な髪型も短時間で仕上げてしまうのは、素直にすごいと思う。

「マナーは、大丈夫そうですか？」

「多分ね」

練習はたくさんしても、実践が少なくて心許《もと》ない。

「細かいことに気を付けなきゃいけないのは大変だし面倒だけど、ひとりで食べるよりはいいのかなあ」

エリオットに招待されたのは一度きりで、その後はずっと自室で食事をしている。きっとこれも、クラリッサがそう仕向けているのだろう。

食事のマナーを学び終えてからは、この部屋でひとりきりで食べている。気楽ではあるが、なにもかもわからない世界でひとりにされるのは、さすがに心細く思う時もある。

そんな風にダーラに愚痴をこぼしていると、クスクスと笑う声が背後から聞こえて、ふたりして飛び上がるほど驚いた。

「エ、エドワード様‼」

先に声をあげたのは、ダーラだ。

「ノックもなく入られるのは、い、いくらエドワード様でも……」

勇気を出して彼の行動を咎めるダーラに、エディは「すまない」と形ばかりの謝罪を口にした。その肩は小刻みに揺れたままだ。

「婚約者殿のかわいい愚痴が聞こえて、思わず忍び込んでしまった」

着替えの最中だったらどうするつもりだったのかと、視線で彼の行動を非難する。

それにしても、それほど大きな声だっただろうか。扉はきっちり閉めておいたはずだし、なにより壁も厚そうだ。

「サーヤ」

甘く私を呼ぶエディに、小さな疑問は一瞬で吹き飛ぶ。ドキリと跳ねる胸を、思わず手で押さえた。

これはもしかして、仲睦まじさの演出なのだろうか。

「少し早いが、待ちきれなくて迎えに来てしまった」

エディは私の前に跪《ひざまず》くと、そっと手を取って甲に口づけた。馴染みのない扱いに、瞬時に頬が熱くなる。

「綺麗だ、サーヤ。よく似合っている」

私の身につけている青いドレスは、急遽《きゅうきょ》エディから贈られたものだと聞いている。まるで今の私の瞳の色のようだ。対する彼は濃い青のクラバットを巻いており、対になっているのが気恥ずかしい。

「あ、ありがとう」

私たちの様子を、ダーラが目を見開いて凝視する。女嫌いだと認識していた彼がこれほど甘いやり取りをするとは、あまりにも意外だったのだろう。

「準備はできているね？」

「え、ええ」

昨夜とはまったく違う、王族らしい言葉遣いだ。

「ダーラといったな？」

「は、はい」

「サーヤは私が連れていく」

「しょ、承知しました」

甘く微笑みながら、優しく手を引いて立ち上がらせてくれる。差し出した腕にその手を導き、ヒールが高く履き慣れない靴に苦戦する私に合わせながらゆっくりと歩き出した。

「エ、エディ。前を見ないと危ないですって」

移動する間中、隣からやたら甘い視線を向けられて恥ずかしくてたまらない。少しぐらい逸らしてほしくて指摘したが、まるで聞こえなかったかのように流された。

「エディ」

「なんだい？」

目的地に着いてしまう前に伝えておきたいことがあったと、気を取り直して小声で呼びかける。

「あ、あの、私、マナーとかまったく自信がなくて……」

「ああ。〝面倒な〟マナーね」

クスクス笑うエディに、ダーラにこぼした愚痴を聞かれていたのだと思い出す。

「い、意地悪」

「そう拗《す》ねるな。かわいいやつ」

立ち止まったエディが、つむじに口づけてくる。

「ちょっ」

「ん？」と首を傾げて、惚《ほう》けた顔をするのが恨めしい。これは仲良しアピールではなく、私をからかっているのかもしれない。

むくれる私に、エディはなにを思ったのか添えていた手を解いた。代わりに私の腰をグッと抱き寄せてくる。それまでとは比べものにならない密着具合に、瞬時に体が強張ってしまう。

身動きの取れなくなった私の耳元に顔を近付けると、エディはまるで内緒話でもするように小声で囁いた。

「大丈夫だ。俺がそばにいる」

「っ………」

こんなの、カッコよすぎる。

羞恥に耐えきれずに両手で顔を覆う私に、さらに追い打ちをかけてくる。

「安心しろ。誰にもなにも言わせない」

せめて彼に恥をかかせないようにしっかりしなければと、真っ赤になっているだろう顔をなんとか上げて再び足を踏み出した。

連れてこられたのは、以前も招待されたプライベートな小さな食堂だ。

案内に従ってエディと並んで席に着くと、時を空けずしてエリオットがグロリアを伴ってやってくる。

今後の話もあるため、子どもたちは同席していない。

「——エドワードも戻ったことだ。これで婚儀の予定も決められるな」

満足そうに頷くエリオットとグロリアに、エディも同じように頷き返す。

三人のその通じ合った様子に、見えない包囲網に迫られて捉えられてしまうのではないかとゾッとする。

私は本当にこの城を抜け出せるのよねと、エディに確認の視線を向けたのに、返ってきたのは蕩《とろ》けるような笑みだった。

「こんなに愛らしい妃を迎え入れられるとわかっていたら、もっと早く戻ってきていましたよ」

十分すぎるほど早かったじゃないかと、恨めしく思う。

エディの演技力が怖い。心底幸せそうな顔をされて、まるでそれが本心であるかのように錯覚しそうになる。

「これは珍しいな。どんな美姫でも顔すらまともに見ないまま袖にしてきたエドワードが、ここまで惚《ほ》れ込むとは」

エリオットの声に、嬉しさが滲む。

彼としても弟に結婚を強要した手前、後ろめたさがあったのだろう。本物の夫婦になれなくても、せめて良好な関係を築けるように願っていたのかもしれない。

「運命の相手ですから」

そんなキザなセリフも、この整った容姿なら少しも浮かないから不思議だ。

そっと私の髪に口づけるエディを目にしたエリオットは、いつもの優しい笑みを保てていない。あり得ない光景を目の当たりにしたとでもいうように、目を見開いた。

「運命の、相手？」

「はい。間違いありません」

探るように尋ねられ、エディが即答する。

この意味深なやり取りはなんだろうか。エリオットの驚きが大袈裟なほどだ。

「それはめでたい‼」

真意を探るようにエディをジッと見つめていたエリオットが突然声をあげると、その勢いのままワインを持ってくるように命じた。

「エドワード、おめでとう」

この結婚は、国家間の友好の証《あかし》としてあらかじめ決まっていたものだ。

それにもかかわらず、ここで改まって祝杯をあげるなんてなにかがおかしいと感じつつ、口を挟めるはずもなくそのまま食事を始める。

「サーヤ、ほら」

「これも食べて」

「ここ、ついてるぞ」

隣に座ったエディが、やたらと世話を焼いてくるからまったく落ち着かない。

確かにマナーに自信がないと助けを求めたけれど、彼はなにかを履き違えているようだ。

自分で食べようとすると、それよりも早く動いて、切り分けた料理を私の口元に差し出す。そのまま私が食べるまでジッと待ち続け、ただひたすら笑みを浮かべてこちらを見つめてくる。視線の発する圧には勝てそうになくて渋々口にすれば、満面の笑みを向けられるのを繰り返すこと数回。

幸せそうな表情のエディに見惚れて呆けているうちに、口元が汚れていたようでさっと拭われ、恥ずかしいったらない。

これはなにかの罰ゲームなのか？と言いたくなるような溺愛ぶりに、ついには顔を上げられなくなった。

「エディ、自分で食べられるから」

いくら私が訴えても、「そうか」と流されるだけで、彼の手は止まらない。その合間に、器用に自分も食事を進めているようだ。

最初こそ驚いて凝視していたエリオットも、途中からは微笑ましく見てくる始末。その生温かい視線に、ますます羞恥を煽《あお》られる。幼い子どもたちがいなくて、本当によかった。

「サーヤ、俺にも食べさせて」

恥ずかしがる私に意地悪な笑みを向けているに違いないと、ムッとしながら視線をエディに向けた瞬間、彼の表情を見て言葉をなくした。

まるで懇願するように私を熱っぽく見つめるエディに、それまでの羞恥も怒りも一瞬で吹き飛んだ。それほどまで私に食べさせてほしいのかと、謎の言動に戸惑ってしまう。

ここまで仲の良さを見せつけないといけないものなのだろうか。

そもそも、こういう方向でアピールする必要があるのか疑問だが、まっすぐに向けられた視線から逃れられず、観念してひと口大にカットした果物を彼の口元にそっと差し出した。

途端に嬉しそうな顔をしたエディは、それを素早く口にする。

やり切った疲労感でぐったりする私に、次はこれ、あれもこれもと続けざまに何度も要求してくる。

もはや、不慣れなマナーのフォローどころではない。人前で、しかも実の兄とはいえ国王と王妃の前で、付き合いたての恋人のようにキャッキャ、ウフフと食べさせ合うなんて失礼だ。

エリオットをチラリと覗き見ると、そんな私の予想に反して、終始弟の幸せを喜ぶ兄の顔をしていた。


食事を終えて自室に下がり、待ちかまえていたクラリッサに詳細を報告しながら、ダーラによって寝支度を整えられていく。

クラリッサといると疲労感が増す。手短に切り上げて寝室に向かい、胸元にクッションを抱えてベッドの端に座り、エディを待った。

扉の開く音がして、勢いよく視線を向ける。

「エディ、さっきのはなんだったんでしょうか?」

あまりに恥ずかしい思いをさせられて、不機嫌な声で問い詰める。

「なんの話だ？」

本気でわかっていないのか、首を傾げる彼を恨みがましく見た。

「食事の場でのやり取りについてです！」

「ああ。なんだ、そんなことか」

平然と返す彼に、立場も忘れて苛《いら》立ちを露わにする。

「あ、あんな、お互いに食べさせ合うとか。そんなラブラブぶりを披露する必要なんてあるわけがないです！」

震える声で抗議する私を、エディが楽しそうに見てくる。

「エリオットは嬉しそうだったぞ。俺たちの親密ぶりは、明日にも城中に広まるだろうな」

彼の目的はこれで果たせただろう。そうだとしても、言わずにはいられない。

「やりすぎですよ」

給仕担当の侍女らにあの場面を見られていたかと思うと、恥ずかしすぎて明日からこの部屋を出る勇気が持てない。

「少なくとも、国内の令嬢からの縁談はこれでやむはずだ。助かったよ、サーヤ」

満面の笑みを浮かべたエディを見て、手にしていたクッションをグッと握る。

くすりと笑いながら近付いてきたエディが、素早く私の額に口づけた。

「なっ……誰も見ていないところで、そんな演技は必要ありません！」

恥ずかしくて俯く私の髪を、エディが平然と撫でてくる。

「サーヤは慣れてなさそうだからな。ついでに、演技力も期待できない。こうやって、なにげないところから練習しておかないと、すぐにボロが出そうだ」

指摘通りだと自覚はあるが、それにしたって初対面で今にも剣を向けようとした態度とあまりにも違うから、正直心が追いつかない。

「エディは二重人格なんですか？」

「どうして？」

優しい目で覗き込まれて、胸がドキドキしてくる。

「だ、だって、昨日の態度と違いすぎだから」

「サーヤもだろ？　俺にすっかり素を見せてる」

「それは……」

さすがに失礼すぎたかもしれない。あまりにもフランクに接してくれるから、彼が大国の王弟殿下だという事実を忘れそうになる。

「俺はそれが、たまらなく嬉しい」

「え？」

言われた意味がわからず戸惑う私に、エディが続けた。

「サーヤには、自分を偽らずにいてほしい。言っただろ？　この部屋の中でだけは素のサヤカでいてくれてかまわないと」

「いいんですか？　失礼だって、怒りませんか？」

「咎めないと約束したはずだぞ。サーヤは俺の愛《いと》しい婚約者だぞ。なんでも受け入れるさ」

エディの言葉に、胸がドキリと大きく跳ねる。

演技だとわかっていても、こんな素敵な男性に面と向かって愛しいだなんて言われたら自惚れてしまう。

「そろそろ寝ようか」

エディがシーツをめくって、入るようにと促す。

「い、一緒に、寝るんですか？」

「あたりまえだろ。昨夜だってそうしてたんだ」

昨日は先に寝入ったおかげで、一緒に寝たと言われてもまったく覚えがない。

「む、無理、です」

不満そうな顔をされても困る。

「安心しろ。手は出さないと約束する」

「……ぜ、絶対に、なにもしないですか？」

「ああ、約束する」

ベッドはここにしかない。まさかエディを追い出すなんてできないし、私が自室に戻るのは本物のソフィア様への不評に繋がりかねない。

「じゃ、じゃあ……」

覚悟を決めて、そろりとベッドに上がる。

「今はな」

「え？」

聞き捨てならない言葉に動きを止めると同時に、私の腕を掴んだエディによってシーツに引きずり込まれた。

そのまま背後からギュッと抱きしめられて、体が硬直する。私の反応なんておかまいなしに首筋に顔を埋《うず》めてくるから、もうプチパニックだ。

「ちょっ、ちょっと」

「うるさいぞ。これくらい許せ。でないと襲うぞ」

「お、おそ……」

手は出さないと言ったそばから約束を反故にされそうで、再びピキリと体が固まる。

「おやすみ、サーヤ」

どう足掻いても、この逞しい腕の中からは抜け出せそうにない。これ以上なにかをされてはたまらないと、おとなしく従った。

ほどなくすると、首筋に規則正しい息遣いを感じ始める。

この状況で寝られるなんて、信じられない。当然私は目が冴《さ》えてしまい、彼の吐息と全身に感じる熱に必死に耐え続けた。


「ん、くすぐったい」

頬に触れるなにかを払いながら、耐えかねて無理やり目をこじ開ける。そして、すぐさま後悔した。

視界に飛び込んできたのは、見目麗しいこの国の王弟殿下。その甘すぎる笑みが、寝起きの私には眩しくて直視できない。

いつの間にか向かい合わせになっていたようだ。それはともかく、だからといって正面から抱きしめられている意味がわからない。寝起き早々から心臓に悪すぎる。

「おはよう、サーヤ」

自然な流れで額に頬に口づけられていく。

恥ずかしくて両手で思いっ切り胸元を押し返す私をものともしないで、エディは、クスクス笑いながら口づけを続行した。

「俺の婚約者の寝顔は、随分とかわいらしい」

「なっ……」

この人はいったいどうしてしまったのかと、必死で体を捩《よじ》る。

「や、やめてください」

「んーじゃあ、挨拶くらいしようか、サーヤ」

このタイミングで言うにはおかしな要求だと思いながら、とりあえず従う。

「お、おはようございま……うわっ」

言い終わる前にいきなり鼻と鼻を擦りつけてくるエディに驚いて、淑女らしからぬ声をあげた。

挙句に、そのままなんの前触れもなく鼻先をカプリと甘噛みされる。

挨拶とは、言葉で交わすものではなかっただろうか。まさか、イリアム王国ではこうするのが朝の習慣なのか。

目を見開いて固まる私を、エディはおかしそうに見つめてくる。

この奇妙な行動について、その理由を誰でもいいから教えてほしい。

「サーヤ、今日の予定は？」

いつも通り落ち着いているエディは、私の混乱をよそに勝手に話を切り替える。

「きょ、今日も、勉強尽くしのはずです」

「ははは。それは大変だ。よし、気分転換にランチくらい一緒に食べよう」

この誘いも、仲のよい姿を見せておきたいという思惑からだろうか。

「わかりました」

「じゃあ、後でな」

頭を優しくひと撫でして起き上がると、エディは自室へ入っていった。

「今のやり取りは、なんだったの？」

残された私は、さっきの彼の言動が理解できず、遅れて襲ってきた羞恥にさいなまれながら、鼻を押さえてシーツの中で悶《もだ》えた。

昼になり、中庭でエディとランチをとった。

人払いをしてふたりきりで過ごした時間は、結果的に言えば楽しかった。演技とか忘れてしまうくらいには。

エディが聞かせてくれた、この国や自身の率いる騎士団の話は興味深く、さらに聞きたいと思う。

ふと気が付くと、歌ってもいないのに動物たちが集まっており、彼はそれを追い払うことなく優しく見つめていた。

忙しい人だから、食べたらすぐに仕事に戻ってしまうかと思いきや、「疲れた」と私の膝に頭をのせて寝転がると、すぐに目を閉じてしまう。

どうしたらいいのかと困っている私を放って、エディは本当に寝入ってしまったようだ。

こうなったら彼の顔を観察していようと開き直り、ジッと見つめる。男性にもかかわらず、綺麗や美しいといった言葉がぴったりなほどエディの容姿は整っている。

漆黒の髪にこうして陽が当たると、緑が混じって見えるのが不思議で興味本位にそっと指を通す。その手触りは思いの外《ほか》柔らかくて、すごく心地よい。

明るい場所で見る剥き出しになった肌には、あの夜気付いたよりも多くの傷跡が見受けられる。古傷のようだが、それでも痛々しい。

体を張ってこの国を守っている彼にとって、こうしてゆっくり過ごせる時間はあまりないのかもしれない。そうだとしたら、恥ずかしい膝枕も許容できそうだ。

もう一度だけ、その髪に触れてみたいと手を伸ばしかけたその時、突然動物たちが立ち上がり、いそいそと森へ帰っていく。その気配を察知したのか、せっかく眠っていたエディが身じろいだ。続いて、チッと舌打ちが聞こえてくる。

「エディ？」

「団長？」

私の声に野太い声が重なる。ハッとして顔を上げると、いつの間に近付いてきていたのか、ほんの少し離れたところに、厳つい顔の大柄な男性が立っていた。

彼はなぜか、まるでお化けでも見たような、信じられないという顔でエディを凝視している。

「早えよ、バーンハルド」

私に頭をのせたまま、心底不機嫌だとその男性を睨みつける。乱れた言葉遣いからすると、エディが気を許している相手なのかもしれない。

「だ、団長、そちらは？」

遠慮がちに私に視線を向ける彼を見てニヤリと笑ったエディは、ひょいっと体を起こすと、私の肩を抱き寄せてこめかみに口づけた。

「俺の愛しい婚約者、ソフィアだ」

彼はますます信じられないといった様子で、私たちの間で視線を揺らす。

「エディ、この方は？」

「副団長のバーンハルドだ」

ここは婚約者としてきちんと挨拶をすべきだろうと、慌てて背筋を伸ばした。

「はじめまして。ソ、ソフィアと申します」

相手も我に返って、同じように返す。

「はじめまして。副団長を務めている、バーンハルドと申します。以後、お見知りおきを」

頷き合う私たちの間に、エディが不満げに割って入る。

「おい、婚約者と過ごす時間を邪魔してくれるな」

「申し訳ありません。ですが、そろそろ会議の時間です」

落ち着きを取り戻したバーンハルドは、自分の役割を思い出したのだろう。いくら団長でも逃さないという、並々ならぬ強い意思が伝わってくる。

「もうそんな時間か。サーヤといるとあっという間だな」

私の首筋に顔を埋めて話すから、くすぐったくて体を震わせる。

「はあ。わかった。すぐに行く」

エディから満足のいく回答を受け取ったバーンハルドは、「時間厳守でお願いします」と付け加えて足早に去っていった。

「さあて、行くかな」

ダーラがやってきたのを確認して、エディが立ち上がる。気持ちよさそうに体を伸ばしてから、手を差し伸べて私も引き上げてくれた。

「サーヤ、また夜に」

再びこめかみに口づけられて耳まで熱くなった私を、離れて控えていたダーラに託したエディは、颯爽《さっそう》とその場を後にした。

今のやり取りを彼女に見られていたと思うと、恥ずかしくして仕方がない。けれど、私の心を乱すのはそれだけではなかった。

『ソフィアだ』

エディがその名で私を紹介するのは、なにも間違っていない。それなのに、なぜか胸がチクリと痛んだ。

その後もエディとは、可能な限りランチを共にしていた。天気がよければ中庭で食べるのが恒例で、そこへ行くと不思議なほど毎回動物たちに囲まれる。

今日の昼も、エディといつもの場所で待ち合わせて食事をする予定だ。

「サーヤ！」

ひと足先に来ていたエディが、満面の笑みで迎えてくれる。

「今日は食事をとったら、違う場所に行く。ダーラは護衛を連れて戻れ」

「で、ですが」

別の場所へふたりだけで行かせるのは、エディと私が通じていると知らない彼女としては、いろいろと気がかりのようだ。

ダーラに向ける彼の表情は、私に対するものとは明確に違う。王族としての仮面を被った厳しい顔つきで、発する声も冷たい。

「俺がついているから大丈夫だ」

護衛に関しては、彼がいれば問題ない。彼女が気にしているのは、私の行動を見張る人がいなくなることだ。しかもいつもと違う場所へ行くとなれば、ますます気がかりに違いない。後に本物の王女様と入れ替わった時に生じるだろうリスクは、少しでも少なくしておきたいだろうから。

「ダーラ、後でちゃんと話すから」

一介の侍女が、エディの手前強く出られるわけがない。私の言葉に頷いた彼女は、レスターと共に渋々引き返していった。

「やっと邪魔者がいなくなった」

表情を和らげたエディが、自ら手早く食事の準備をしていく。

「どこに連れていってくれるんですか？」

「少し遠出をする。ひとりになりたい時に行く、俺の秘密の場所だ」

エディにとって大切な場所に連れていってもらえるのは嬉しい。自分が特別扱いされているようで、胸が高鳴った。

早く行ってみたいと思うせいで、食事のマナーが少々おざなりになる。それを横目にくすりと笑いをこぼしたエディも、私に合わせたのか豪快に食べ始めた。

「さて、それじゃあ行こうか」

片付けを済ませると、エディに手を繋がれて森へ向けて歩き出す。彼の大きな手は、剣を使うせいかごつごつとしていて皮膚も硬い。私よりも幾分か体温が高くて、触れているとホッとさせてくれる。

森の入口に差しかかったところで足を止めたエディは、不意に手を離して私を横抱きにした。

「きゃあ」

突然の出来事に悲鳴をあげるに私に、澄ました顔で言う。

「足元が危ないからな。このまま連れていく」

人ひとりを抱えていても、少しもぐらつかない。私が抵抗すればかえって危険になると気付いて、仕方なくおとなしくした。

ひんやりとした森の中はとても静かで、エディの足音と鳥の鳴き声くらいしか聞こえない。必要以上には人の手が入っていないようだが、足元には誰かが行き来をしている跡が見られる。

「この森は、俺の率いる騎士団員しか入ることを許されていない」

この先にある騎士団の詰め所へ行くには、団員以外は別ルートを通るように決められているという。

「なぜですか?」

「ここに生息する、野生動物たちを守るためだ」

いつも集まってくる動物たちがこの森を住処にしているかは不明だが、少なくとも生活の場のひとつであるだろう。私を慕ってくれるユキらを思うと、その配慮はありがたい。

それに、ここにはあの漆黒の狼もやってくる。人に襲いかかるような素振りはいっさいなかったが、それでも人間の方が慌てて予想外の行動を取ればどうなるかはわからない。

森を抜けるまでに、それほど時間はかからなかった。開けた場所でそっと私を下ろすと、しっかり立てたのを確認して支えていた手を離す。

「馬に乗っていくぞ」

「馬？　私、乗馬なんてできないですよ」

私には無理だと、慌てて首を横に振る。

「大丈夫だ。俺が乗せてやる」

タイミングを見計らったかのように、ひとりの少年が黒毛の大きな馬を連れてきた。

「ああ、デレク。ありがとう。お前は持ち場に戻っていいぞ」

世話係を任された人物のようで、馬と紺色の布地をエディに渡すと、頭を下げて去っていった。

「よしよし、ダライアス」

彼が声をかけた馬はどうやらかなり懐いているようで、撫でてやるエディにダライアス自身も擦り寄っている。

「こいつは、俺の相棒だ。気性は荒くて好き嫌いも激しいが、どの馬よりも速く駆けるし機転も聞く。賢いやつなんだ」

この馬に、エディは相当信頼を寄せているようだ。

「ダライアス、サーヤだ」

ひょいっと腕を引かれて、馬に近付いた。

気性が荒いといっても、つぶらな瞳はとても愛らしい。ダライアスの値踏みをするような視線を受けとめながら、努めて明るい口調で声をかける。

「はじめまして、ダライアス。どうぞ、よろしくね」

ブルブルと首を横に振ったのは、否定されたのか受け入れてくれたのかよくわからないが、隣に立つエディは満足そうに頷く。

「頼んだぞ」

胴をポンポンと叩いて軽々と馬に乗ると、馬上から私を引き上げて自身の前に横向きに座らせた。素直に乗せてくれたと安堵したが、それよりも完全に密着したこの状態にドギマギさせられる。視線のやり場にも困るし、ましてエディの方を見る勇気はない。

「サーヤ、これをつけて」

どうやら布地はマントだったようだ。さっと羽織って、高貴な身分だとひと目でわかってしまうドレスを隠す。

準備が整うと、エディの逞しい腕が私を囲う。布一枚が加わったところでなんの防御にもなっておらず、恥ずかしさは変わらない。

体の左半分から伝わる彼の体温と、包み込むようにして手綱を握る腕に、鼓動が速くなる。

「行くぞ」

そんな私の様子に気付かないまま、エディはダライアスに合図を送った。

「裏門から出る」

知らせがいっていたのか、門に立った見張りの兵に止められはしなかった。

しばらくすると、小高い丘を登り始める。城からそれほど離れていないが、人の気配はほぼなくなった。

「ここだ」

その頂上で、私たちは馬を降りた。

この場所からは、イリアムの王都が一望できる。ぐるりと見回した先に捉えた煌めきに、思わずはしゃいだ声をあげた。

「海だわ！」

地元では海は身近なものだったと、懐かしさに胸がじんわりと熱くなる。もとの世界にはもう二度と戻れないかもしれないが、この世界にも共通するものがあるのだとわかると、寂しさも和らぐ気がする。

「これが俺の守っている国だ」

静かな声にハッとして振り返ると、エディが目を細めて私を見つめていた。

「サーヤにも、好きになってもらえたら嬉しい」

もう一度、辺りに視線を巡らす。石造りの建物がひしめく街並みは、建築様式に統一感があってまるでヨーロッパの観光地のようだ。以前、孤児院を訪れた際に間近で目にしたが、その入口や壁には花が飾られている。そんなところから、ここに暮らす人々の生活が豊かなのだろうと想像した。

それらのすべてを見守るように建てられた白亜の宮殿は、威厳に満ち溢れている。

イリアムの王都は、他国と比較して随分栄えているとクラリッサに教えられた。でも、近頃は頻繁に盗賊が現れるというし、国同士のいざこざもあるようだ。それに対してエディは、命がけで立ち向かっている。

そういう現実を確かに怖いとは感じるが、エディが大切にしているのなら、隣にいる間は投げ出したくないと強く思う。

「私も、この国が好きですよ」

街並みに視線を移してそう伝えると、背後からそっと抱きしめられる。そのまま髪に繰り返し口づけられるのは気恥ずかしかったが、私の言葉にエディが喜んでいるのが伝わってくるから無言で受け入れた。

そっと体を離したエディは、自ら羽織っていた上着を敷いて「座ろうか」と促してきた。そこに、ふたり並んで腰を下ろす。

故郷を思い出したせいだろうか。なんとなく甘えたくなって、隣に座る彼の肩にそっと頭をもたれさせて歌を口ずさんだ。

「サーヤの歌声はいいな。癒される」

金城先生にも同じように言われたけれど、私の歌にそんな効果があるのだとしたら、クラリッサになにを言われようと歌い続けたい。

「そうだ！」と体を起こして、中庭での体験を語って聞かせる。

「癒しとは関係ないかもしれませんが、中庭で私が歌っていたら、動物たちが集まってきたんですよ。あっ、ほら、前にお話しした私をこの世界に連れてきた猫も」

「へえ」

「そうそう、あの森に狼が住んでいませんか？　黒くて、すごく大きな。歌いながら動物たちと過ごしていたら、狼までつられてきたようで」

そういえばあの狼はあれ以来姿を見ないが、元気にしているだろうか。

「サーヤは狼が怖くないのか？」

エメラルド色の瞳が、なにかを探るように私を見つめる。

「最初はさすがに驚いたし、襲われるかもしれないと怖かったです。でも、実際にはなにもされなかったし、他の動物たちも安心しきっていたから大丈夫なんだろうって」

わずかに顔を強張らせていたエディは、私の返答に緊張を解いていく。

「凛《りん》としていて、すごくカッコよかったです。でも、寝そべってしっぽを振る姿は、まるで大きな犬のようでした」

怖いというよりかわいいくらいだったと話す私に、エディは「犬……」とボソリと呟いて眉をひそめた。

唐突に顔をずいっと私に近付けると、至近距離で目を合わせて不敵な笑みを見せる。

「油断して、喰《く》われないように気を付けるんだな」

「は？　え？」

狼は人を襲うのか。

あの大きな体に向かってこられたら私などひとたまりもないだろうと、そんな場面を想像して顔を引きつらせる。

おろおろする私の膝に頭をのせて寝転がったエディは、その後なぜか満足げな様子で過ごしていた。

しつこく狼について尋ねても、「さあな」とはぐらかすばかりでなにも教えてくれない。「そろそろ時間だ」と再びダライアスに乗ると、最後まで真相を明かさないまま帰城した。


「ソフィア様、今後の話をさせていただきます」

エディとの外出から帰って自室で休んでいると、ダーラがイアンを伴ってやってきた。彼と顔を合わせるのは、かなり久しぶりだ。一緒にいると言ったのは嘘だったのかと、問い詰めたくなるのをぐっとこらえる。代わりに、クラリッサの厳しい指導によって最近板についてきた淑女の笑みを浮かべてみせた。

「ソフィア王女ですが」

これまで、王女様の情報はいっさい聞かされていないが、ようやくなにかわかったのかもしれない。

それを待ち望んでいたはずなのに、居心地のよさを感じ始めたこの場所を去らなければならないのは素直に喜べない。そんな気持ちを微笑みの裏に隠して、気付かれないように取り繕う。

「身の安全が確認されました」

「よかった」

身代わりに仕立てられた手前いろいろと思うところはあるが、決して王女様にどうかなってほしいわけではない。

「ですが、今すぐにここへお連れするには少々問題がありまして……」

歯切れの悪いイアンに、心の中で眉をひそめる。なにか、表に出られないような問題が生じているのだろうか。攫われたのだから、いろいろと怖い思いをさせられていたのかもしれないと、私と同じ顔の王女様の身を案じる。

「とりあえず、さや香様にはもうしばらくここで過ごしていただきます」

エディと一緒にいられるのは期限付きだと改めて明確にされたようで、わずかに笑みが歪む。いつの間にか彼と過ごす時間は、私にとってかけがえのないものになっていたようだ。

「わかったわ」

「その後の話ですが、無事にソフィア様と入れ替わりましたら、さや香様には直ちにサンザラへ向かっていただきます。大丈夫です。あなたについては予定通りサンザラ国内に迎え入れて、丁重におもてなしいたしますから」

久しぶりに耳にした〝大丈夫〟という言葉に、白々しい気持ちになる。

「さや香様については、身の安全を国王自ら後ろ盾となって保障いたします。なにも問題はありませんので、ご安心ください」

それを言葉通り受け取ってもよいものかと、日に日に疑いを強くしている。

嫁いだはずの王女と同じ顔をした女など、表に出られるはずがない。

イアンの言う通り身の安全は守られたとしても、さらに踏み込んだ具体的な話をされていないのが気がかりだ。まさか一生どこかに閉じ込められるなんてことはないと信じたいけれど、怪しく思えてならない。

「幸い、エドワード様と随分親しくなられたようで、ソフィア様が戻られた後も安心です」

たとえ演技だとしても、エディとの仲を築いてきたのは私であって本物の王女様ではない。利害が一致した契約の関係とはいえ、私たちはお互いを信頼し合えるほど同じ時間を過ごしてきた。

そのすべてを取り上げられるなんて、と恨みがましく思う私は間違っているのだろうか。

これが当初の約束通りだと、私も理解している。エディの寵愛《ちょうあい》は本物のソフィア様が受けるべきもので、ニセモノでしかない私のものではない。

でも、以前は早く解放されたいと思っていたはずなのに、今となってはエディと離れがたくなっている。この世界でたったひとり、彼だけが私の身を案じて月森さや香のままでいることを許してくれた。そんなエディから離れるのは、正直つらい。

彼との別れが避けられないのなら、危険だと気付いていながらみすみすサンザラへ行くつもりはない。いざとなったらどこかのタイミングで逃げ出して、以前訪れた孤児院へ駆け込んで保護を求められないだろうかと思案する。

絶対にこの人たちの思い通りにはなりたくないと、ぐっと手を握りしめた。

「それで、婚儀ですが――」

心が乱されて、イアンの説明がちっとも頭に入ってこない。

「聞いていますか?」

「あっ、ごめんなさい。もう一度話してください」

「はあ」

心底迷惑そうなため息をつかれたが、そんなものは日々のクラリッサの態度で慣れているからいちいち怯みはしない。

「さや香様、いいですか？　今のあなたの振る舞いは、そのままソフィア様に繋がるのです。しっかりしてくださいね」

脅されて勝手に連れてこられただけの私が、なんでそこまで求められないといけないのかと怒りが湧いてくるが、今ここでそれを顔に出してはいけない。

国で保護するという言葉を信じたふりをして、油断させておかないと。

「もう一度、説明しますよ。婚儀は一週間後になります。サンザラからは、もちろん国王夫妻が参加されます。他にも……」

一週間後、サンザラ王国のソフィア王女は正式にエディの妻になる。その儀式に本物のソフィア様が間に合うかどうかはわからないが、イアンの口ぶりからすると王女様が無事に助けられるのはもう間もなくのようだ。

「ソフィア様。男の私から言うには大変失礼かと思いますが、万が一にも、ご懐妊されぬようにお気を付けください」

そんなの相手のあることで、私の抵抗だけで避けられるわけではない。

エディが事実を知っているからこそ待ったをかけられるけど、そうでなかったら女の私では拒んでも力では敵わないだろう。

「万が一そんな雰囲気になるような時は、私の方から月の障りだと申告します」

私に代わって答えたのは、ダーラだった。

ダーラもやっぱりサンザラの人間なのだと、改めて突きつけられた気分だ。そんな小手先の言い訳など、いつまでも通用するはずない。嘘が露呈した時に、私がどう扱われるのかという心配は微塵《みじん》もしていないようだ。

ダーラとすっかり打ち解けたと思っていたのは、私のひとりよがりでしかなかったのだろう。彼女には確かに世話になったが、これでもう見限る決心もつく。

必要事項だけを一方的に伝えたイアンが、そそくさと部屋を後にする。もはや彼の頭の中には本物の王女様のことしかないのだろうと、冷めた気持ちでその後ろ姿を見送った。


夜になって寝室へ入ると、タイミングを同じくしてやってきたエディがベッドに座るように促した。彼は私を後ろから抱きしめるような形で座り、首筋に顔を埋めながら、口づけたり額を擦りつけたりしてくる。

「サーヤ、なにかあったか？」

私の反応が薄かったせいか、どこか様子がおかしいと気付いたようで、不意に顔を上げたエディが気遣うように尋ねた。すぐに答えられないでいると、向かい合わせに座り直して、「どうした？」と顔を覗き込みながら私の手を包み込む。

彼の優しい視線に後押しされて、ゆっくりと話し始めた。

「ソフィア王女の足取りが掴めたと、知らせがありました」

そう聞いて、エディはどう思うのだろうか。

無言のまま私の肩をそっと押してベッドに横たえさせると、彼もまた同じようにした。向かい合わせになって、甘やかすように優しく髪を撫でられる。

しばらくの躊躇の後、視線を逸らしつつイアンに言われた気恥ずかしい話を聞かす。

「婚儀の日程も決まって、その、万が一にも懐妊することのないように言われて」

私の不安だとか不満だとかを敏感に感じ取ったのか、エディはその逞しい胸元に私の頭を抱き寄せた。

「勝手ですね。ソフィア様と無事に入れ替わったら、私は用なしのようです。まあ、事実ですけど。その後は、サンザラでの生活を保障するって言われましたが、それだってその通りだとは思えないです。だって、嫁いだはずの王女とまったく同じ外見の私がいたら、絶対におかしいもの」

悔しいのか虚しいのか、自分の気持ちがよくわからない。

「帰りたいなあ……」

誰にも必要とされず、エディとも離れなければいけないのなら、せめてもとの世界に戻りたい。

思わずそう漏らすと、私を抱きしめる彼の腕にギュッと力がこもる。

「サーヤの居場所はここにある」

やっぱりこの人は、すごく優しい。そして、とても温かい。

彼の言葉が、弱り切った私を強くしてくれるようだ。

たったひとりとはいえ、味方がいる。しかも、王弟でありながら騎士団長まで務める、これ以上なく心強い味方だ。だから、いつまでもくよくよはしていられない。

絶対にイアンたちの言いなりにはならないと、誓いを新たにする。

「ソフィア様と入れ替わるまでの間、ですけどね。でも、ありがとうございます。その言葉に、すごく勇気づけられます」

「俺がサーヤを見捨てると思うか？」

「え？」

見捨てるもなにも、エディとは本人と入れ替わるまでの関係だ。ニセモノだと明かさないでいてくれるだけで、十分に助けられている。

まあ、その後の生活に多少の便宜を図ってもらえないかと期待する下心が、まったくないといったら嘘になるが。

「サーヤ」

切なげに瞳を揺らすエディから、視線が逸らせない。彼は今、なにを考えているのだろうか。

「俺は、サーヤを手放すつもりはない」

キッパリ言い切ると、私に口を挟む隙を与えないまま、ガブリと首元に噛みついた。

「痛っ。ちょっと、なにするんですか！」

出血するような痛みではないが、おそらくくっきりと跡が残っているだろう。

それまでの深刻な雰囲気は一気に解け、彼の理解不能な行動に慌てる。

顔を離したエディは、少しジンジンとするそこを満足げな顔で見つめて、おもむろに舌を這わせ始めた。

「な、なに？」

傷跡を労るように舐め続けた後、首に耳朶《じだ》にいたるところに口づけを落としていく。

少しの抵抗も敵わず、ついにはあきらめてされるままになっていた。

そうされているうちに、不思議と安心感に包まれていく。ふわふわと心地よくて、いつの間にか彼の腕の中で眠りについていた。

エディに首元を噛まれた翌朝。彼は何事もなかったかのように、いつも通りに接してきた。

寝起き早々に鼻と鼻を擦り合わせると、私の鼻先にカプリと噛みついてくる。

この人には、もしかしたら噛み癖でもあるのかもしれない、と疑ったのは当然の流れだと思う。

ともかく、彼によってもたらされた衝撃のおかげなのか、気持ちは随分と落ち着いている。

『手放すつもりはない』と言ってくれたのはすごく嬉しかったと、昨夜を思い出す。それは彼の優しさゆえの言葉かもしれないけれど、私を助けてくれる人はいるのだと心強かった。

幾分かすっきりとした気分で自室へ向かうと、すでにダーラが控えていた。

「ソフィア様、これは……」

ドレスはひとりでは着られなくて、誰かの手伝いが必要だ。今朝もダーラに着せてもらっていたところ、首の辺りを凝視しながら絶句する彼女を鏡越しに見た。

私の首元につけられているのが噛み跡だと気が付いたのか、かわいらしい彼女の顔が歪む。

「歯形、ですよね？」

しまったと思っても、見られてしまったのだからごまかしようがない。こんなもの
を首筋につけていたら、昨夜エディとの間でなにかあったのかと疑うだろう。

懐妊しないようにとわざわざイアンにまで忠告されていたのに、のうのうと噛み跡
をつけて、しかもそれを隠そうともせずにいたらいろいろと勘繰られそうだ。

「ち、違うわよ。エディとはなにもないから。これはその、彼のいたずらのようなも
ので……」

言葉にこそしないけれど、本当かと疑いの目を向けられる。対する私は、なにもな
かったと必死に訴えるしかない。

「お願いですから、エドワード様に体を許さないようにしてくださいね」

「あ、あたりまえじゃない。そんなの、わかってるから」

否定はしつつも、胸の奥がズキリと痛んだ。

いきなり噛まれた時はとにかく驚いたし、今でも困惑している。

でも正直なところ、エディに触れられるのは少しも嫌ではない。ギュッと抱きしめられれば安堵するし、膝枕を要求されるのだって甘えられているようで嬉しい。噛まれるのも、表面上は怒ってみせたが、絶対にしないでほしいとまでは思っていない。

いずれ離れなければいけないのなら、そんな感情など抱きたくなかった。

「とりあえず、本日はこちらのドレスにしましょう。これならうまく隠せるはずです」

噛み跡を見られるのは恥ずかしい。でも、隠してしまうのを残念に感じるなんて、私はどうかしているのかもしれない。

王子様の正体

「すみません、ソフィア様。本日、団長は……いえ、エドワード様はこちらへ来られなくなりましたので伝えに参りました」

お昼になり、芝生に広げたシートに座ってエディを待っていると、ひとりの騎士が声をかけてきた。確か先日、会議の時間だとエディを呼びに来た副団長のバーンハルドだ。エディとの会話の中でも比較的よく聞く名前で、彼と対面するのは今日で二回目だというのに、もう少し見知った仲のように思える。

「団長も、ソフィア様に直接お伝えしたかったようですが、なにぶん急を要していたもので」

「そうですか」

今朝早く、王都から離れた町が盗賊に襲われたと知らせが入ったようだ。

目覚めた時にエディが隣にいないと気付いて随分気がかりだったが、後にイアンからその話を聞いてさらに不安に襲われた。

エディが率いる騎士団は、夜明け前に現地に向かったという。昼までに解決できていればいいと願っていたが、もう少し時間がかかりそうだ。

「教えてくれて、ありがとうございます」

団長自ら赴いたとなれば、大事《おおごと》なのかもしれない。

彼の肌に残る無数の傷が思い出され、無性に不安になる。私には、無事を願うことしかできないのがもどかしい。

「我々の向かう先は、常に危険と隣り合わせです。慰めでも安全だとは言えません」

よほど思い詰めた顔をしていたのか、立ち去ろうとしていたバーンハルドが再び口を開く。

「ですが、なんといっても〝あの〟エドワード様ですよ。ソフィア様は、団長を信じてお待ちください」

「はい」

離れたところに護衛のレスターがいるとはいえ、エディとのランチには彼の要望でダーラを伴っていない。ひとりでいると、なんとも不安な気持ちになる。

エディはこの国一の剣の使い手だと、ポリーが誇らしげに教えてくれたのだから、きっと無事に帰ってくるはず。

大丈夫、大丈夫と、まるで自分に暗示をかけるように繰り返して、必死に不安をごまかし続けた。

『寂しいね』

突然聞こえたユキの声に顔を上げた。いつの間に来ていたのか、ユキが心配そうに私を覗き込む。

「ええ、そうね」

私の周りに、少しずつ他の子も集まってくる。この子たちはみんな、エディを慕っていた。動物は人より敏感だというし、エディの不在を感じ取っているのだろうか。

『狼さんがいないから、みんなも不安がってる』

「狼さん?」

一度だけ姿を見せた、漆黒の狼のことだろうか?

ユキは私の足の上に座ると、慰めるようにしばらくの間寄り添い続けてくれた。

夜になっても、エディは戻ってこなかった。

「ソフィア様。エドワード様のお戻りは、数日かかるそうです」

ダーラから受けた知らせに、不安がよぎる。

襲われた町が王都から少し遠く、なおかつ悪質すぎる犯行に残党を野放しにもできず、その後を追っているらしい。

婚儀を控えているとはいえ、団長という立場上、職務を他人任せにできないのだろう。それに結婚を嫌がっていた彼には、婚儀を優先する気がないのだと思う。

寝支度を整えて寝室に向かうと、主《あるじ》のいない大きなベッドにひとりで横たわる。

エディに会いたい。今すぐ無事を確認したいし、声を聞かせてほしい。頭を撫でながら『サーヤ』と呼んでくれる声が恋しい。

エディの私に対する甘すぎる言動には、いつもドキドキさせられるが決して嫌ではない。むしろ、もっとしてほしいと際限なく望んでしまいそうになる。

彼の不在に改めてそう自覚させられて、苦しくて仕方がない。

エディに守られた私の居場所はあまりにも心地よくて、いつしか手放したくなくなっていた。

それを認めるわけにはいかないと、抱いた気持ちにずっと蓋をしてきたのに、彼の安否もわからない中で、押し込めようとしても想《おも》いが溢れてしまう。

許されるのなら、エディに好きだと伝えたい。

いてもたってもいられずベッドを抜け出して、開け放った窓から夜空を見上げた。

よく晴れた今夜は、月明かりが辺りを照らし、神秘的な雰囲気を醸し出している。

夜空に浮かぶ無数の星にエディの無事を祈りながら、誰に聞かせるともなく歌い続けた。

あまり眠れないまま夜を明かし、自室に向かう。着替えを手伝うダーラがいつもと違って注意力散漫なのは、なにかあったからだろうか。

「ダーラ、どうかしたの？」

私の問いかけに、彼女の表情が曇る。

「詳しくは知らされておりませんが、早朝から陛下の側近や騎士たちが動かれているようです」

エディに関係しているのかと、ますます不安でなにも手がつかない。でも、クラリッサがそれを汲《く》み取ってくれるはずもなく、午前中いっぱいはマナーやダンスの練習などにいそしみ、容赦のないダメ出しをされた。

せめてお昼の時間くらいはゆっくり過ごそうと、エディは不在だがいつもの中庭へ向かう。複雑に入り組んだ城内も、この場所だけはひとりでも迷わずたどり着く自信がある。

いつものようにシートを敷くと、護衛のレスターを残してダーラには下がってもらった。私がひとりになりたくてそうしてもらったが、今朝の落ち着かない様子からすると彼女もイアンらと情報のすり合わせが必要かもしれない。ニセモノの私についているより、よほどそちらの方が重要だろう。

らしくなく卑屈になってしまう自分が嫌で、目を閉じて心を落ち着かせる。

せめてエディを慕う動物たちに会えたら気分も上向きになるかもしれないと、鼻歌を歌いながらあの子たちの訪れを待つ。

『サーヤ、大丈夫？』

ほどなくしてやってきたユキが、気遣うように声をかけてくる。

「ちょっと、大丈夫じゃないかも」

心なしか、ユキも元気がなさそうだ。

互いに言葉が続かず、数曲口ずさみながら集まってきた子らも一緒に不安を共有する。同じ気持ちでいる仲間がいると思えば勇気づけられるようだと、真っ白なユキの体をゆっくりと撫でた。

しんみりとしながら周囲をぼんやりと眺めていた時、動物たちが一斉に身を強張らせた。

「どうしたの？」

示し合わせたかのように森の奥を凝視する姿に私も倣《なら》う。その様子は、まるであの狼が現れた日のようだ。

ただ、あの時とは違って、少しもリラックスしている様子がない。ピクリとも動かない動物たちを見て、ただ事ではないかもしれないと緊張が高まる。

「ねえ、なにかいるの？」

『狼さん』

ポツリと呟いたユキは、『サーヤ、来て』と突然森に向かって駆け出していく。それにすべての動物たちが続き、慌てて私も後を追った。護衛のレスターは、相変わらず寝入っているようだ。

後れを取らないよう、息も絶え絶えになりながら必死に走る。

そうしてたどり着いた先には、肩から血を流して横たわる漆黒の狼の姿があった。

「え……」

先に来ていた動物たちはその周りを囲み、心配そうな目を向けている。

「大丈夫？」

思わず駆け寄ると、狼は苦しそうなうめき声をあげた。触れていいのかどうか迷ったが、ジッとしていられなくて傷を避けて頬に手を添える。

驚かせてしまったのか、閉じていた瞼がパッと開き、エメラルドの瞳が私の姿を捉えた。

でも瞳に力がこもっていたのは一瞬で、傷がひどいのかすぐさま苦しそうに歪み、再び目を閉じてしまう。

「人を呼んでくるわ」

『待って、サーヤ』

自分ではどうすることもできそうにない。城へ引き返そうと立ち上がったところ、ユキに呼び止められて振り返る。

「急いで助けを呼ばないと」

『サーヤ、歌ってよ』

呑気に歌っている場合ではないし、そんな暇があるのなら人を呼ぶべきだ。それなのに、ユキにジッと見つめられると従わざるを得ないと思わされる。

なにか確信があったわけではないが、再び狼のそばに戻って膝をつく。

その漆黒の毛に触れながら、不安が隠しきれない掠《かす》れた声で歌い出す。

小さく体を震わせた狼は、ふっと力を抜いて私にもたれるようにして体を預けた。

「あれ？」

目が覚めると、そこは森の中だった。こんな場所でなぜ眠っていたのか不安に感じながら、自身に視線を向ける。

足元に感じる温もりはユキだ。他にもたくさんの動物たちが私の周りを囲んで、心配そうに見ている。

「そうだ、狼はどうなったの」

地面や草に赤黒いシミができているのを見つけて、慌てて立ち上がった。

「ユキ、狼は？」

『もう大丈夫だって、行っちゃったよ』

私はユキに言われるまま歌っただけで、手当てなどなにもしていない。狼はいかにもつらそうで、かなりグッタリしていたはずだ。とても大丈夫だとは思えない。けれど、ここに姿がないのなら、ユキの言う通り自力で動けたのだろう。

『サーヤ、疲れちゃったんだね。起きるまでついていてほしいって、狼さんに頼まれたよ』

どれほど時間が経ったのだろうか。早く戻らないと、ダーラたちに心配をかけているはずだ。

「ありがとうね、みんな。私、戻らないと」

狼は気になるが、姿を消してしまった以上、私にはどうすることもできない。動物たちに別れを告げると、森を抜けて城へ急ぐ。中庭を横切りながらチラリと空に目を向けて、陽がまだ高い位置にあるのを確認する。おそらく、森の中にいたのは一時間にも満たないだろう。

「ソフィア様、どちらにいらしたんですか？」

ちょうど中庭へやってきたダーラが、心配しつつもわずかに怒りの混ざった口調で私を問い詰める。

「ごめんなさい。ちょっと……」

「あなたから目を離したレスターも悪いですが、それにしても、おひとりでの行動はおやめくださいと何度も申したはずです」

彼女は、本当に私を心配して言っているのかもしれない。けれど、どうしてもその裏に〝本物のソフィア様が戻るまで、しっかりしてもらわないと困る〟という苦々しい思いを感じ取ってしまう。王女様の安全が確認できているのだから、ますます私へ対応がきつくなるのは当然の心情なのだろう。

今はまだ、それを甘んじて受けておく。自分の身がかわいいのは、私も同じだ。従順な姿を見せておけば、必ず逃げ出す隙が生まれるはず。

「ソフィア様、お話があります」

ダーラのお小言を聞きながら部屋へ戻る途中で、イアンに声をかけられる。

自室に入って向かい合わせに座ると、改めてイアンを見た。今日の彼はどこか浮ついており、それを隠そうともしていない。お茶すら飲まずに落ち着かない様子で語り出したのは、私が恐れていた報告だった。

「今現在、本物のソフィア様をこちらにお連れする手配を整えているところです」

「そう、ですか」

本来なら喜ぶべきところだが、今の私にはそれを嬉しく思えない。

そんな私とは正反対に、ダーラの顔に安堵の笑みが広がる。

明日にでも動きがあるような早急な事態ではなさそうだが、それほど待たずして入れ替わりが実行されるのだろう。

「本当によかった」と、ダーラと共に喜びを分かち合うふたりを、無感情にジッと見つめる。

私はこの人たちに助けられた身ではあるけれど、それ以上の協力をしてきた。

命や貞操の危機が考えられる状況で、単身で夫婦の寝室に乗り込むには相当な勇気が必要だったが、この人たちは計画がうまくいきさえすれば、私が背負わされた負担など忘れてしまえるようだ。

すっかり蚊帳の外に置かれて、ふたりに向ける視線が鋭くなる。

これ以上、付き合っていられない。

「体調が優れないので、少し休みます」

返事も待たずに急ぎ足で寝室に向かい、ベッドに倒れ込む。

「うっ……」

エディとの別れが間近に迫っていると知って、こらえきれなかった涙が嗚咽《おえつ》と共に溢れ出す。

どうして私は、この世界に来てしまったのか。なんでソフィア王女と同じ外見なのかと、どこに向けてよいのかわからない複雑な感情に涙が止まらない。

エディが好き。大好き。

たとえ、彼から向けられる愛情が演技だとしても、私は彼を好きになってしまった。

身代わりでもいいから、ここに居続けたいと願ってしまうほど彼を愛している。

こんな苦しい思いをするくらいなら、私を取り巻くすべてのものから逃げ出してしまいたいと、クッションに顔を押し付けたまま静かに泣き続けた。

ドンドンと鳴るけたたましいノックの音に、意識が急浮上する。

「ソフィア様」

どうやら泣きながら寝入ってしまったようで、少し頭が痛い。

「ソフィア様、いらっしゃいましたらここを開けてください」

再びかけられた声に完全に目を覚ます。その声が私の部屋ではなくエディの側から聞こえていると気付いて、慌てて体を起こした。

窓の外に見える日は陰り始めており、思いの外長く眠っていたようだ。

「は、はい」

返事をしながら急いで乱れたドレスを整えて、小走りで近付いて扉を開ける。その先には、バーンハルドが立っていた。

エディは以前、彼は最も信頼している部下だと教えてくれた。『あいつは、俺のすべてを知っている』と意味深に言っていたが、どういう意味なのかと今さらながらに疑問に思う。

「お休みのところ、申し訳ありません」

「いえ、大丈夫です」

「大切な話があります。こちらへお願いします」

バーンハルドに促されるまま、エディの私室に初めて足を踏み入れる。さっと室内を見回したが、最低限の家具以外余分なものがいっさいないところがいかにもエディらしい。

「単刀直入に申し上げます」

向かい合わせに座り、バーンハルドが正面から私を見据える。彼の厳しい表情から、おそらくよい知らせでないのだろうと身を強張らせた。

「団長が、ケガをされました」

端的に発せられた言葉に、ヒュッと息を呑む。

「盗賊を捕獲する際、突然飛び出した子どもを助けようとして肩を負傷しました」

「エディは、大丈夫なんですか？」

命に別状はないのか不安で、前のめりに問いかける。

「かなり、出血しているはずです」

「はず？」

曖昧な報告がもどかしくて、眉間にしわが寄ってしまう。

バーンハルドはエディから留守を任されて城にとどまっていたから、実際の様子は目にしていない。けれど、それにしてもこの報告は曖昧すぎないだろうか。

「行方不明になっているんです」

「どういうことですか？」

まさか、盗賊に連れ去られたのだろうか。彼の身分を考えると、悪事を企てる側にしてみれば十分に利用価値があるに違いない。

「団長自身の意思で姿を消した、というのが現状です」

「彼の、意思で？」

攫われたわけではないのはよかったが、状況がわからず困惑する。

「確実に大丈夫だとは申せません。しかし、団長自ら姿を消すのは、初めてではありません。以前もそれなりに大きなケガを負った際、数日間身を隠されました」

「それはいったい、なぜでしょうか？」

そんな状況で手当ても受けずに姿を消して、エディはなにをしていたというのか。

「私からは、ここまでしかお話しできません。詳しい話は、団長が戻られた時にご本人から伺ってください」

「エディは、本当に戻ってきますか？」

縋《すが》るように尋ねた私に、バーンハルドは鋭い目元をわずかに緩めた。

「ソフィア様の不安は、よくわかります。ですが、私から言えるのはひとつだけ。団長を信じてお待ちください」

きっと、バーンハルドも不安なのだろう。でも、エディに代わって騎士団をまとめる立場にある彼は、決してそれを表に出してはいけない。

「なぜ、私に知らせてくれたのでしょうか？」

イアンやダーラから報告されるのならともかく、ほとんど関わりのないバーンハルドから知らされるのは、なんだか違和感がある。

「この知らせは、少数の人間しか知りません。一部の騎士団員と陛下のみです。陛下より、ソフィア様は知っておくべきだからと命を受けてここへ来ました。あなたは団長の唯一の存在ですから」

「私が、唯一？」

よくわからない言い分に、戸惑いを隠せない。

「ええ。どうか、団長の帰還を信じてお待ちください」

「も、もしなにかわかったら、また知らせてくれますか？」

立ち去る気配を見せたバーンハルドに、慌てて尋ねる。

「もちろんです」

彼が去った後、いてもたってもいられず急いで寝室に引き返した。勢いのまま自室から外に出ようとしたが、私にできることはないと気付いてその場に踏みとどまる。夫婦の寝室は、エディの香りで満ちている。なにか、陽だまりや森林といった自然を感じさせる心地よい香りだ。

彼に抱きしめられて眠るようになって以来、この香りにいつも癒されてきた。

エディが時折座っている、窓辺のロッキングチェアーにかけられた彼の上着を手に取って顔を埋めれば、その香りを一層強く感じる。こうしているだけで、少しずつ気持ちが落ち着いていく。

ダーラと顔を合わすのですら気が進まず、寝室を一歩も出なかった。彼の上着を抱きしめてただひたすらエディの存在を求め続けていたが、なんの知らせもないまま夜は更けていった。

「う、ん……」

なにか温かいものにくすぐられて、体を震わせた。

先日ユキのふわふわな毛に顔を埋めた時に感じたような、日光を浴びた自然の香りが鼻を掠める。

「ユキ？」

微睡《まどろ》みながらそう呟くと、なにかにペシッと足を叩かれた。

「ユキ、なの？」

こんなところにまで忍び込んできたのだろうか。その姿を確かめようと、そっと目を開ける。

「…………」

視界に飛び込んできたものに、言葉を失った。

「き、うぐぁ……」

一拍空けて声をあげようとした寸前に、口を塞がれる。漏れ出たくぐもった声は、控えめに言っても淑女のものではない。

私の口を覆うのは、よくドラマで見るようなクロロホルムを染み込ませたハンカチでもなければ、見目麗しい王子様の唇でもない。

真っ黒で少し湿り気のある、大きな……狼の鼻、だと思う。あまりにも近すぎてその全容を確かめられないが、目前に迫ったエメラルドの瞳は、間違いなくあの漆黒の狼のものだ。

声を出すなと訴えるかのように、視線を逸らさずゆっくりと顔が離れていく。こんな状況だというのに、不思議と怖くはない。

呆然とする私の顔中に遠慮なく鼻を擦りつけた狼は、まるで仕上げとでもいうように、ベロリと頬を舐め上げた。地味に痛くて、眉間にしわが寄る。

再び至近距離から見つめられているうちに完全に覚醒し、森で見かけたケガに苦しむ姿を思い出した。

ガバリと体を起こすと、狼のピンとした両耳がピクリと動く。急に動くなと咎めるように、再び足をペシッと叩かれる。その余裕のある姿に、どうやら大丈夫そうだと安堵した。

大きな体の背後に視線を向けて、さっきから私に不満を訴えていたのはあのしなやかなしっぽだと理解する。

そのかわいい仕草に私の表情が緩んだところはばっちり見られたようで、再びしっぽをひと振りされた。今度はフンと鼻を鳴らすというおまけ付きだ。随分感情豊かな狼だと、体の大きさに似合わない愛らしさに身悶《みもだ》えした。

改めて視線を合わせて、表情の変化に注視しながら尋ねる。

「ケガは、もう大丈夫？」

ピタリと止まっていたしっぽを左右に振る様は、ユキと同じで私の問いかけに応えているようだ。人の言葉を理解したその反応に驚きつつ、ここに来たのはわけがあるのだろうとさらに声をかける。

「お水でも、いる？」

立ち上がろうとしたところ、大きな頭に肩をグイッと押されて強制的にもとの位置に戻される。水は必要ないようだ。

外はすっかり暗くなっていた。食事もとらないまま今に至るが、気もそぞろでお腹がすかない。

それにしても、この狼はどうやってここへ入ってきたのだろうか。

まさか、城の中を歩いてきたのではないだろう。そうだとすると、窓からとしか考えられない。

ただ、ここはかなり高い場所に位置している。壁をよじ登るなんて狼の手では無理だろうし、なによりこの子は肩にケガを負っていたはずだ。見た目は大丈夫そうでも、全快しているわけではないだろう。

『歌ってくれ、サーヤ』

「え？」

突然思考に割り込んできた声に驚いて、ビクッと肩を揺らす。

「誰？」

ユキのように頭の中に語りかけてくるけれど、その声質はまったく違うものだ。低くて、温かくて、すっかり聞き馴染んだ愛しい声によく似ている。

『サーヤの歌が聴きたい』

もしかしてこの狼が話しているのではと、探るように視線を合わせた。

『サーヤの歌声は心地いい。疲れている時は安らぐし、ケガも癒してくれる』

「ケガが、癒される？」

音楽療法と言われるように、音楽になんらかの精神的な効果があるのは知っている。でも、ケガを癒すなんてあり得ない。

『不思議だな。サーヤの歌が、肩の傷を癒してくれた。動物たちが集まってくるのもよくわかる。サーヤの歌には、癒しの力がある。なあ、もう一度歌ってくれよ』

もしかして、これが金城先生の言っていた『その時に欲しいもんがもらえる』ということなのだろうか。動物と話せてしまうようなこの世界なら、歌にそんな特別な作用があったとしても不思議ではない、かもしれない。

私の歌を聴きたいと言ってくれるのなら応えたい。

心地よい声に請われるまま歌い始めると、狼は伸ばしていた私の足に顎をのせて目を閉じてしまった。

「寝ちゃったかな?」

しばらくして尋ねると、真っ黒なしっぽがパタパタと揺れる。まるで起きているとアピールしているようだ。

「ふふふ。なんか、やっぱり犬みたい。かわいい」

犬に例えられるのは気に食わないのだろう。私がそう言うたびに、怒ったようにぺシッと叩かれるのにも慣れてきた。

「ケガは本当に大丈夫そうね。エディも、あなたみたいに無事だといいんだけど」

狼の漆黒の毛に、エディを連想する。

そういえばこの子は、毛の色だけでなくて瞳の色も彼にそっくりだ。

『心配か?』

「もちろんよ。ケガを負って行方不明になっているようなの。心配でたまらないのに、私にはなにもできなくてすごく悔しい」

彼は未だに見つかっていないのだろうか。

エディを想ってこぼれた涙を、狼がペロリと舐めてくる。なんだか、慰めてくれているようだ。

『不安にさせて、悪かったな』

「え？」

発せられた言葉を理解する前に、ベッドに横たわる大きな体が、みるみるその姿を変えていく。

「エ、エディ⁉」

現れたのは、エディ本人だった。

驚きよりなにより、こうして彼が生きている事実に安堵して思わず抱きついた。

「無事で、よかった」

「俺のかわいい婚約者は、なかなか積極的だな」

茶化さないでと言い返そうとして、ハッと我に返る。

「き、きゃっ……」

あげかけた悲鳴は、彼の大きな手によって遮られた。

「静かに」

エメラルドの瞳から視線をずらして恐る恐る彼の姿をたどったが、これ以上無理だというところで素早く精悍《せいかん》な顔に戻す。

「ふ、服は？」

なにひとつ身につけていないエディに気付いて、真っ赤になっただろう顔を両手で覆っていると、頭上からクスクスと笑い声が降ってくる。

「どういうこと？　それに、狼……」

「反応が遅いぞ。俺がどれだけ迷って姿を見せたと思ってるんだ？」

「え？」

「とにかく説明はするから。その前に着替えさせろ」

チュッと音を立てて私の額に口づけしたエディは、ケガを感じさせない確かな足取りで自室へ向かった、と思う。恥ずかしすぎて直視できず、気配からそう感じた。

しばらくして戻ってきた彼は、白いシャツにベージュのパンツと、かなりリラックスした装いで現れた。

「バーンハルドが教えてくれたのですが、ケガは大丈夫ですか？」

「あいつ……サーヤが不安がるから言うなって伝えておいたはずなのに」

小声で悪態をついて舌打ちをする彼に、厳しい視線を向ける。

「エディ‼　私も彼も、随分あなた心配したんですよ」

「ああ、すまない。そうだな。ケガの方はもう心配ない」

そう言いながら、肩のところが見えるようにシャツをはだけさせて、私の目の前に突き出した。

斬りつけられたと思われる大きな傷跡はあるものの、すでに血は止まっている。というより、もうすっかり治っているようだ。もはや古傷に見える。

「どうして？　それに、あの狼は……」

混乱する私を窘《たしな》めながらベッドに座らせると、エディ自身は椅子を引き寄せて、向かい合わせに腰を下ろした。

「さっき見せた通り、俺は狼の姿になる」

唐突な発言に、驚いているのは間違いない。けれど、実際に姿を変える彼を目の当たりにしたのもあって、取り乱さずにいられた。

「俺の母親は、ここから随分離れたフォンダールという国の出身だ」

「フォンダール？」

また厄介なカタカナの名前が加わったと、頭を抱えたくなる。

「フォンダールの王族の起源は、狼だと言われている」

「狼……」

彼の言葉を繰り返すだけになっている私を、エディが「大丈夫か？」と覗き込む。

「まあ、いいか。フォンダールの王族の血を引く男児は、かなり高い確率で、狼に姿を変えられる。この性質が女児に受け継がれたことは、今のところ一度も確認されていない」

　常識を超えた話に、返す言葉が見つからない。

「この特殊な血は、〝らしい〟くらいの話として、近隣諸国にも知られている。まあ、ほぼ確信している国もあるけどな。それを恐れるあまり、フォンダールに攻め入るだとか、王族同士の婚姻を望む国は皆無だ。周辺諸国にとっては最も脅威を感じる、強大な国なんだ」

　ダメだ。現実味がない。

「今から二十三年前。イリアムの前国王が海外へ視察に出た際に、悪天候に見舞われて困っていたところをフォンダールが保護したんだ。その時、王女だった俺の母親と国王は、お互いにひと目で恋に落ちた。その場で王家の許可が下り、直ちに結婚してイリアムへ連れ帰ることになった」

「え？　でも、フォンダールは恐れられているって……」

「普通なら、そんないわく付きの血筋は敬遠されるだろう。けれど、ふたりの想いはそれ以上に強かったらしい」

　身分の高い人同士の結婚が、そんなに簡単に決められるものだろうか。現にエディは、望んでいない政治的な意味合いの強い結婚を強要されている。

「狼は、生涯でひとりの相手しか愛さない」

突然話の流れを変えたエディに、首を傾げる。

「生涯でたったひとりの異性しか娶《めと》らない。狼は、一途《いちず》で愛情深い生き物なんだ」

〝狼は〟と言いながら、まるで人間の話であるかのような口調に疑問を感じたが、とりあえず頷き返す。

「俺のように、狼に姿を変える半獣の生き物もまた、同じなんだ。フォンダールでも、狼の血を引く者、特に狼に姿を変える者は、たとえ国王という立場であっても側室をいっさい迎えず、生涯ひとりの妃への愛を貫く。もっと言えば、たったひとりの異性に抗いようもないほど強烈に惹かれて、他に目を向けられなくなる」

つまり、フォンダール王家の血を引く人間もまた、狼と同じ性質をしているということらしい。

考えようによっては、浮気の心配がなくていいのかもしれないとぼんやりと捉える。

「王族だった俺の母も、狼の血を引いている。女性の場合姿は変えられないが、一途な面を引き継ぐ者も多い」

イリアムの国王には、すでにエリオットの母である正妃がいたはず。国王であっても側妃を娶らないといっていたが、女性の場合だとどうなるのだろう。

「当時、イリアムの王妃はすでに他界されていた。だから、母は後妻ではあるけれど、その時点では唯一の妃として迎え入れられたんだ。フォンダールの人間にとって、ひと目惚れの意味は重い。前国王に心を奪われた母は、一生他の異性に目が向かなくなる。それがわかっていたから、すぐさま結婚が認められた」

なんだか、物語でも聞かされているようだ。

「俺の場合、母が他国に嫁いだことで、狼の血は薄まるのかもしれないと考えられていた。実際どうなのか、俺自身も未だによくわかってない。ただ、事実として狼に姿を変えられた。適齢期になって山のように縁談話が持ち込まれて、実際にたくさんのご令嬢に引き合わされたが、心が受け付けないんだ。もっと言えば、体が反応しない」

「反応？」

ニヤリとするエディに、後ずさりしたくなるのはなぜか。

「つまり、子作りをしたくならない」

「子作り……えぇ⁉」

思わず大きな声が出る。

「俺の名誉のために言っておくが、誰かれかまわず試したわけじゃないぞ。ひと目会っただけでわかるんだ。この人は違うと、相手の匂いで感じる。狼の性質は、そこまで失われてなかったようだ。ちなみにこの話は、前国王も母も、エリオットだって知っている」

『試したわけじゃない』と言うエディにホッとする。彼が他の女性に目を向けると想像するだけで、胸が苦しい。

「そもそも、こうして狼に姿を変えられるのだから、他の血が入った影響は小さいんだろうな」

「じゃ、じゃあ、あなたが女嫌いっていうのは……」

ジロリと見てくるエディに、しまったと首を竦める。

「もちろん、男色の気はないぞ」

「それはもう……ごめんなさい」

慌てて頭を下げる。彼は初対面でのやり取りを、かなり根に持っているようだ。

「体が反応する、心から欲しいと思う唯一の存在に出会っていなかっただけだ」

その言葉が、ぐさりと胸に刺さる。

いくら私がエディに想いを寄せても、絶対に受け入れられないのだ。

『襲う』と言ったのも、私に危機感を持てと暗に注意していたにすぎないのだろう。

なにより、毎晩同じベッドで抱きしめられながら眠っているのに、エディは一度だって手を出すような素振りは見せなかった。

要するに、彼の相手は私じゃない。

密かに落ち込む私に、「ここまではいいか？」と確認してさらに話を続ける。

「基本的に、自由自在に姿を変えられる。まあ、さっきも見た通り、人の姿に戻るには、時と場所を考慮しないといけないが。ただ、例外的に意思に反して狼化する場合もある」

「意思に反して？」

それはかなり不便だろうし、不安要素になりそうだ。

「そうだ。たとえば、瀕死《ひんし》の状態になった時やそれなりに大きなケガを負った時」

今夜エディは狼の姿になっていたのだから、やはり大ケガを負っていたに違いない。

「本当に、大丈夫でしたか？」

「ああ。サーヤのおかげでな。ケガを負った時は、狼の姿でいた方が早く治る。今回も、自分の意思に反して姿が変わっていた。そのまま身を隠そうとあの森の中に入ったはいいが、それ以上動けなくなってしまった」

「あれも、やっぱりあなただったんですね」

「ああ。ありがとう、サーヤ」

柔らかく微笑むエディに、心が満たされていく。

ソフィア王女の身代わりになるだけでなく、得意な歌で彼の役に立てて本当によかった。その効果のほどは未だに信じがたいが、こうしてエディの傷が癒されて元気な姿を見せてくれたことに改めて安堵する。

「それにしても、サンザラの護衛はサーヤの歌声に影響されてすっかり眠りこけてたな。呑気なものだ。あれではなんの意味もない」

若干怒りを滲ませながら、厳しい口調でエディが言い放つ。「猫の方がよほど有能だ」という呟きには、思わず小さく噴き出した。

確かに、万が一あの場で不測の事態が起きても、レスターは気付きもしなかっただろう。

「特に懐いていたあの猫は、サーヤの歌の力を正確に理解していたようだな。だから、ケガを負った俺のもとに連れてきた」

「猫って、ユキですね。あの真っ白な毛の」

「そうだ」

そういえば、どうしてあの子だけ特別なのだろう。

「ユキは、普通の猫ではないんですか？」

「俺も詳しくは知らない。ただ、あいつとの付き合いはもう十五年ほどになる」

「そんなに……」

それにしては毛並みは綺麗で、老いを感じさせるものは微塵もなかった。

「初めてあの猫を見つけた時、害獣対策の罠《わな》に引っかかって動けなくなっていたんだ。放っておけば死んでしまうほど衰弱していたところを、俺が助けてやった。それ以来随分懐かれたようだ」

痛々しい姿を想像して顔をしかめる。

「ああ、そうそう。その時点ですでに何十歳かだとか言ってたな」

「え？」

エディと出会った頃のユキはすでに何十歳かの年齢で、さらにそこから十五年の付き合いがある。それはもう、少なく見積もっても猫の寿命を大きく超えている。

「世の中には俺のような半獣の種族もいるのだから、他より長生きする猫がいてもおかしくないだろう」

私の頭の中に、〝猫又〟や〝化け猫〟という単語が浮かぶ。そういう類のものだったとしても、あのふわふわなかわいさを前にしたら怖くはない。

「おまけに、会話までできてしまう。おそらく、自分の気に入った相手限定のようだが、その中に俺も入れられているらしい。あいつ、サーヤにユキと名付けられて随分喜んでいたぞ」

単純だと不満げだったが、やっぱり気に入っていたのかと嬉しさに頬が緩む。

おそらくユキは、エディとの会話で私の愛称を知ったのだろう。ふたりがどんな話をしているのか、気になるところだ。

「ユキは狼の性《さが》だって知っている。助けてくれたお礼にと、気まぐれに俺の相手を探してくれていた。サーヤの世界に迷い込んだのも、そのせいじゃないかと疑っているが、詳しく話す気はないらしい」

ユキは猫らしく自由で、狼にすら完全に従うわけではないようだ。

「心配かけて、悪かったな」

一転して、エディの声音が優しさに溢れる。

彼はいつだって、命がけでこの国を守ってきたのだろう。それはこの先も、きっと変わらない。いつかまた大きなケガを負うかもしれないし、命だって危ぶまれるかもしれない。そう思うと、怖くなって体が震える。

「サーヤ、大丈夫だ。俺はこうしてここにいる。俺のいるこの場所がサーヤの居場所であるように、サーヤの隣が俺の居場所だ。なにがあろうとも、俺は必ずここへ帰ってくると約束する」

気休めかもしれないが、エディがそう断言するのなら大丈夫だと信じたくなる。

優しく髪を撫でられてやっと笑みを浮かべた私に、エディの表情も和らぐ。

それから、エディとたくさん話をした。彼が狼に姿を変える事実には心底驚かされたが、〝好き〟という気持ちに変わりはない。それどころか、ますます想いが強くなっていく。

私のいた世界にも興味を持ったようで、根掘り葉掘り聞かれる。中でも、どういう仕事をしていたのかと聞かれて戸惑ってしまった。

こちらの世界なら、平民だと私の年齢で働いているのは当たり前だ。それなのに私はまだ学生で、さらに進学や留学も予定していたと明かすと、その違いに驚いていた。そうまでして学んでいたのが声楽だと話す私に、「なるほどなあ」と、エディはひとり納得する。

もっとも私を困惑させたのが、「婚約者はいたのか」という質問だ。

聞かれた途端に慌てだした私を、エディが目を細めて不機嫌そうに見てくる。

「いたのか？　どんなやつだ？　好きだったのか？」と、私の返答も待たずに矢継ぎ早に聞かれて、すぐに答えられなかったのがまずかったのだろう。どんどん私に詰め寄ったエディはぐっと私の両肩を掴むと、キスができてしまうほど顔を近付けて「白状しろ」と要求した。決して脅しではなかった、と思う。

その後、私の世界では婚約者がいる人の方が稀で、もちろん私にはいなかったと明かせば、一転して上機嫌になった、のは束の間で、「恋人はいたのか？」と、さらなる質問が飛んでくる。生まれてこの方、そんな相手はひとりだっていなかったし、声楽の勉強ひと筋だったと説明すると、やっと解放してくれた。

一連のやり取りですっかり脱力した私は、その後抱きしめてくるエディにされるがままになる。

久しぶりに彼の温もりに包まれて、夢さえ見ないでぐっすりと眠りについた。

翌朝、目が覚めて真っ先に視界に飛び込んできたのは、優しい笑みを浮かべたエディだった。

先に起きていた彼は、私の髪をいじったりいたるところに鼻を擦りつけたりと、随分楽しく過ごしていたようで、機嫌のよさが全身から滲み出ている。

こういう行動は狼由来なのかもしれない。まるで大型犬のように思えて微笑ましい。

彼が今狼の姿をしていたら、きっとしっぽをブンブンと振り回していたに違いないと、くすりと笑いがこぼれる。

「おはよう、サーヤ」

蕩けるような笑みが眩しくて、思わず目を細めた。

「おはよう、エディ」

私が答えると、いつものように鼻と鼻を擦り合わせてくる。仕上げにとでもいうように、鼻の先端にカプリと噛みついた。

この行為に慣れてきた自分がちょっと怖いが、機嫌のいい彼のやりたいようにさせておく。

「サーヤは今日も、勉強だな」

「多分、そうですね」

「はあ……」

重いため息をつくエディに、うんざりしているのは私の方だと肩を竦める。

「ずっとこうしていたい」

頭を優しく抱き込みながら囁かれて、心中の苦情は瞬時に消え去った。

「頑張れよ」

渋々という様子で体を離して私の髪に口づけると、エディは朝の支度をするために私室へ向かった。

自室で朝食を食べ終えるとすぐに、クラリッサとの勉強会が始まる。地図を前にして地形や地名を覚えながら、近隣諸国の歴史を学んでいく。

一方的に聞かされる話を、必死に覚えようとする私の疲労感はすさまじい。

頭の中が飽和状態になり、もうこれ以上は無理だと投げ出したくなったタイミングで、ダーラがお茶をいれてくれる。

ひと息ついていたその時、イアンが慌ただしくやってきた。

「報告があります」

瞳を輝かせる彼の様子に、その時が来たのだと確信する。

おそらくソフィア王女に関して、大きな進展があったはずだ。

「ソフィア様が、イリアム城へ向けて出発されました」

「はあ」

安堵の息をつくダーラとクラリッサを、冷静に観察する。私の存在は瞬時に忘れられたようだ。息を潜めるようにして、彼らのやり取りに耳を傾ける。

「それで、こちらへはいつ頃到着されるんですか?」

一見落ち着き払っているクラリッサだが、わずかに前のめりになっている。

「おそらく、三日後に迫る婚儀の最中に合流できるはずです」
自信満々にイアンが宣言すると、ダーラは胸の前で両手を握りしめて、嬉しさから
か目には涙を滲ませるありさまだ。
「婚儀の招待客に紛れて、ソフィア様をこちらへお連れするよう手はずは整っており
ます。儀式はこのままさや香様にこなしていただき、部屋に戻られたタイミングでソ
フィア様と入れ替わります」
私のことはすっかり〝さや香〟呼びになっている。それが本名だからかまわないけ
れど、よそ者扱いされているようで気分はよくない。
私との入れ替わりが現実味を帯びてきた途端に、掌《てのひら》を返したような対応をする彼
らには呆れた。目的さえ果たせば、ニセモノの私はどうでもいいのだろう。
私たちの入れ替わりにエディがどう反応するのかが気になるところだが、もう彼の
もとにいられない以上、逃げ出す機会を逃さないようにしないといけない。
「改めて、さや香様にはこれまでのエドワード様とのやり取りを、引き継いでいただ
かなければなりません」
「どういうこと？」
思わず、低く不機嫌な声が出る。

ダーラやクラリッサに、日々の状況は報告している。どちらに話すかは、その場に居合わせたタイミング次第だ。

「ひとりでも多くの者がソフィア様にお伝えできるよう、詳細をお話しください」

それくらい自分たちの間で情報共有しておいてほしいと、目を細めてクラリッサを見やったが、彼女は当然ですとでもいうように、ツンとわずかに顎を上げた。

クラリッサは私を嫌っている。こうして何度も同じことを強要されるのは、彼女による嫌がらせなのかもしれないと疑ってしまう。

「お互いの接し方、どんな振る舞いをしてきたのか、交わした会話の内容などを余すことなくお話しください。高熱が出たという理由は、さすがに二度も使えませんから」

そんなの、一度だって通用していなかった。幼稚なごまかしで乗り切れると信じているなんて、本当に馬鹿げている。それをあえて忠告してあげないのは、私なりの意趣返しだ。

「婚儀までは、それに関するマナー等を確認する程度にして、残った時間は引き継ぎにあてましょう」

もうほぼ用済みのニセモノの王女には、知識を詰める必要はなくなった。清々《すがすが》しいまでの切り捨てだが、イアンを見る限りそこに申し訳なさは感じていないのだろう。

こうまでされれば、彼らを単なる楽観主義だとは思えない。この人たちは、仲間でない者には非道になれてしまうのだ。そしてそこに、わずかな罪悪感も抱かないどころか自覚すらない。

「ソフィア様は、報告を一刻も早くしてほしいとお望みです。ダーラには、引き継ぎを終え次第ソフィア様のもとへ向かってもらいます」

用済みになる私には、侍女さえつけてもらえないらしい。

入れ替わるまでは私がソフィア王女としてここで過ごすというのに、自ら食堂へ行って食事を調達したり、ひとりでは着られないドレスの代わりに簡素なワンピースで過ごしたりしてもいいのだろうか。それらはすべて、ソフィア様の評判に繋がるものだ。それくらい想像できないのかと、呆れを通り越してあきらめの気持ちになる。

もういい。この人たちにはなにも期待しない。助けてもらったお礼だって、十分に返せたはずだし、これ以上尽くす必要はない。

ここで私が受け取ったものは、形の有無にかかわらずなにもかも返してあげる。

この豪華な部屋も、たくさんのドレスや宝石はもちろん。エドワードという婚約者も、一緒に過ごした幸せな時間も。

ここからの私の行動は、守ってくれたエディへのお返しだ。

「そうと決まれば、さや香様。早速引き継ぎを始めましょう」

無邪気に言うダーラが疎《うと》ましい。ここへ来たすぐの頃は、彼女がいてくれれば安心だと一番に信頼を寄せていたというのに。

「ランチの時は、どんな話をされましたか？　夜はどう過ごすのですか？　エドワード様の癖や趣味は？」

彼女は少しでも詳しく聞いて、一秒でも早く王女様のもとへ駆けつけたいらしい。それに応えるようにある程度の内容を聞かせ、さらにこちらから提案もする。

「それじゃあ、今日のランチに侍女として同席したらどう？　実際に見た方が早いわ。さすがに寝室に招くのは無理だけど、ランチならエディも一度くらいは許してくれるでしょ」

「そうですね！　それならより正確に把握《はあく》できます。じゃあ、夜はどう過ごしているのかは、今のうちに聞いておきましょう。さあ」

遠慮も配慮もまったくない様子に、笑顔こそ浮かべてみせるが心の中は荒れている。

「もちろん、夫婦としての関係はないから。エディが来るのが遅ければ先に眠っているし、起きている時はその日の出来事をお互いに話してるかな。エディはいつも、私を背後から抱きしめて寝るの」

そんな幸せな時間は、もうすぐ本物のソフィア王女のものとなる。

「それはいいですね。ソフィア様のご懐妊も、すぐかもしれません」

「……そうね。そうなるように、今のうちからさらに仲を深めておかないとね」

「あっ、でも、もちろん関係は持たないでくださいね」

ついにはデリカシーもなくなったようだ。

婚儀を終えれば初夜を迎える。その日に私とソフィア様は入れ替わるのだから、エディと初夜を迎えるのは当然本物の王女様だ。

エディは生涯ひとりの女性しか愛せないと話していた。その相手を認める手段は、私にはよくわからなかったが、本物の王女様と対面すればおのずと自覚するのかもしれない。淑女中の淑女と言われる、美しいお方なのだから。

きっとソフィア王女は、エディの腕の中で深い愛に包まれながら幸せに暮らすのだろう。

「あたりまえよ。エディだって婚儀の前に手を出したりなんてしない。彼はそんな人じゃないから」

当初から関係を持つなとしつこいくらい言ってくるが、裏を返せば彼は少しの時間も待てない人だと言っているようなもの。そんな決めつけが腹立たしいし、エディに対して失礼だ。

でも、私からの指摘などこの人たちは求めていない。なんとか気持ちを落ち着かせると、さらに情報提供を続ける。

「それから、朝のルーティーンのようなものがあるの」

「ルーティーン、ですか？」

メモを取りながら真剣に耳を傾けるダーラに、そういえば私の勉強にはメモなんていっさい与えられなかったと苦々しくなる。きっと無駄だと思われていたのだろう。

本心では、ふたりのやり取りなんて他人に教えたくもない。

でも、もういい。なにもかも、この人たちに渡すと決めたから。

「ええ。朝目が覚めて挨拶を交わした後、彼はお互いの鼻を擦り合わせて、最後に私の鼻を甘噛みするの」

「あ、甘噛み、ですか……」

「そうよ」

一瞬、ダーラが眉をひそめた。

それも当然だろう。鼻を擦り合わせるまでならともかく、さらに甘噛みするなんて普通の感覚ではない。

あれがこの国の習慣なら仕方がないが、ソフィア王女にはやめてもらうよう、エディに言っておくべきだろうか。

「なにか……新婚の仲睦まじい姿というより、獣じみたやり取りですね」

「獣⁉」

思わぬ返しに、ドキリと胸が跳ねる。

〝じみた〟ではなくて、エディの半分は本当に狼で、まさしく獣だ。

そういえば、ダーラには以前首筋の噛み跡を見られている。その印象は到底よくないだろう。

「単なる噂だと思っていましたが、エドワード様に獣の血が流れているというのは、本当なのかもしれませんね」

「え？」

どんな噂が流れているというのか。彼を貶《おとし》めるようなものでなければいいが。

「この辺りではありませんが、大陸の向こうには、獣人の暮らす国があると聞きます。私は直接お会いしたことはありませんのでよくわかりませんが。エドワード様の母上も、異国の地より嫁いで来られた方で、不確かですが狼の血を引いていると聞いたことがあります。ですので、エドワード様にもその血が流れているのでは？と、もっぱらの噂で」

「へ、へえ、そうなの」

「獣人に馴染みのない私たちには少々怖くもありますが、生活様式は私たちとなんら変わらないようです。その性質が不明なので心配をしていたのですが、獣人と人間が婚姻関係を結ぶのも、あたりまえの国もあるようなので大丈夫かと……」

口では獣人の存在を認めていても本心ではそう思っていないと、その口調から明確に伝わってくる。

仮にもこれから友好関係を築こうとしている国の王弟に対する不安を、私にまで明かすなどあり得ない。本当にサンザラの人は、よくも悪くも素直すぎる。

「エディは野蛮どころか、とてもよくしてくれる優しい人だよ」

彼を変な先入観で見てほしくない。

「もちろん、わかっております。さや香様の様子を見ていればなおのこと。ただ……以前、さや香様の首元に噛み跡があったのが気になってしまって」

やはり彼女は、忘れていなかったようだ。

「あ、あれはね、じゃれ合いの延長よ。あの人は、本当にひどいことは絶対にしないから。そうでなければ、こんな風に普通でいられないでしょ？」

「まあ、そうですね。一応、報告だけは上げないと……」

完全には信じていないだろうダーラに、こっそりため息をつく。

さすがに、このままでいいわけがない。

サンザラや私自身がどう思われようとかまわない。でも、婚約者を粗雑に扱うなどとエディが悪く言われるのは本意じゃない。ランチの時に誤解を解かないと。

「ダーラ。あなたはいつ頃ここを発《た》つの？」

「え？　ああ。今日のお昼の様子を拝見して、明日の朝にはと思っています」

「そう」

ダーラが出発した後について、彼女からはなにも言及しない。そもそも、考えてもいないようだ。

後でイリアム側がつけてくれたポリーに世話をお願いしようと、密かに決めた。

お昼時になり、ダーラが食堂へ向かったところでポリーが所用で部屋に来てくれた。

話すなら今しかない。

「明日からしばらく、ダーラが来られなくなるんです。申し訳ないですが、私の手伝いをしていただけませんか？」

私のお願いに、ポリーは「喜んで、お手伝いさせていただきます」と、こちらを安心させるような笑みと共に返してくれた。

今日はついでがあるからと、ポリーが中庭まで同行してくれた。ダーラとは現地で落ち合うように、連絡を入れてもらってある。

「それでは、ごゆっくり」

シートを用意すると、ポリーはその場を後にした。

それからほどなくしてエディが姿を見せると、直後に昼食を持ったダーラも来た。

支度を終えるといつもならその場を後にしているダーラだが、今日はそのまま私の背後に控えている。エディにはなにも話していなかったが、一度だけダーラに視線を向けた後は、すっかり無視を決め込んだようだ。

ダーラが見守る中、いつもよりほんの少しぎこちないランチタイムが始まる。人に見られていると思うと落ち着かないが、対するエディはいつも通り甘さ全開だ。

「ほら、サーヤ」

自分で食べられると言っても、彼自身の手で食べさせたがり、確実に実行する。加えて、私にも食べさせろとねだってくるから困りものだ。

チラッと見ると、私たちをダーラが目を見開いて見ていた。

驚くのも無理ない。ダーラたちの認識では、エディは女嫌いで厳しい人なのだから。さらに野蛮な面があるとまで思っていたかもしれない。婚約者に対してこれほど蕩けた様子になるなんて、想像すらしてなかったと思う。

そして、これが仲睦まじさを演出するための偽装だとは、微塵も疑っていないのだろう。

仕上げとばかりに、私の膝枕で眠るエディ。騎士団長ともあろう人のこれほど無防備な姿など、実際に目にしてもにわかには信じられないかもしれない。

すっかりくつろいで見えるエディだが、完全に無防備なわけではない。本人によると、狼の姿の時ほどでないにしろ耳は人より敏感で、周りの様子をちゃんと察知できているようだ。誰かに見られたらと心配する私に、人が近付く前に起きればいいと言ってのけた。

思い出されるのは、『会議の時間です』とバーンハルドが呼びに来た場面だ。後に彼が近付いているのをわかっていたのかと聞くと、『あたりまえだ』と平然とした様子で返すから質《たち》が悪い。

バーンハルドが来てから起き上がったのは、もちろん私との仲のよさを見せつけて、噂を広めるためだ。彼の行動は抜かりない。

いろいろと思い出しているうちに、ダーラの存在はすっかり忘れていた。なにげなく背後を振り返って彼女と目が合った瞬間、気恥ずかしさに顔を覆った。


エディと別れて自室に戻ると、間髪を容《い》れずにダーラが話しかけてくる。

「エドワード様が、あんな方だとは思いませんでした」

〝あんな〟という言葉のチョイスか引っかかるが、言い分はわからなくもない。

「女性が嫌いだなんて、とんでもないデマでしたね」

「まあ、そうかもね」

「でも、これなら本当に安心です。ソフィア様が必ず大切にしてもらえると、確信しました」

当事者の前で、そんなに嬉しそうに言わなくてもいいのにと苦々しくなる。

でも仕方がないだろう。ダーラはまさか私がエディを好きになってしまったなんて、思ってもいないだろうから。

それからいくつかのやり取りを交わして、ダーラは部屋を後にした。

クラリッサとの勉強の時間もなくなり、時間を持て余してしまう。

「暇だなあ」

自分以外誰もいなくなった自室で、盛大にぼやく。

気分を変えたくて、久しぶりに発声練習をしてみる。私にとって唯一の武器である歌は、城を出た後に役に立つかもしれない。できればこの国の歌も覚えておきたかったが、今は無理そうだ。

イリアムの王城には、婚儀に向けて他国から要人が到着しつつある、というのはポリーから聞いた情報だ。なんとなく城内の侍女たちもそわそわしているし、部屋を出れば実際に慌ただしさを感じる。

一応、主役となるはずの私だけど、正式なお披露目は婚儀の場になるため、それまでは要人のお出迎えはもとより、挨拶回りをする必要はない。

それが普通かどうか私にはわからないが、イアンらが手を回して、私が誰かと接する機会を極力減らしているのではと疑っている。きっと、病み上がりという設定もフルに利用しているに違いない。

ハリボテのニセモノにすぎない私が公の場に出て、万が一粗相をしたらサンザラの恥になる。イリアムにも迷惑をかけてしまいかねない。

王女様と外見は瓜《うり》ふたつでも、中身が違う。客人にその違和感を覚えさせないように、細心の注意を払うはずだ。

考えてみれば陛下や王妃様ですら、数えるほどしか顔を合わせていない。この世界の知識のない私でも、さすがにおかしいと疑っている。

発声練習を終えてソファーに座って考え込んでいると、席を外していたダーラが戻ってきた。

「用のない限りは、お部屋でお過ごしください」

なにかと思えば、忠告だけしに来たようだ。私が頷くのを見届けると、「今から出ることになりました」と言いながら、慌ただしく部屋を後にした。前倒しにされた出発に心が乱され、大きく息を吐き出す。

「部屋を出たって、行くところなんかないわよ」

人の目がないのをいいことに、不貞腐《ふてくさ》れた文句をこぼした。

考えたくはないが、今後についてもう少し詰めておく必要があるだろう。せっかくひとりにしてくれたのだから、今のうちに作戦を固めておきたい。

サンザラへ向かう途中で、隙を見て以前訪れた孤児院へ駆け込むつもりだったが、この国にいればエディとソフィア王女の仲睦まじい姿を目撃するかもしれない。話も聞こえてくるだろう。

それはちょっと、嫌だな。

せめて、ふたりが視界に入らないくらい遠くを目指したい。

でも、ほとんど外に出してもらえなかったから、町がどんな様子かわからないのが不安だ。

やはり、一度とはいえ面識のある孤児院を頼り、そこで他の地域にある施設を紹介してもらえないだろうか。

エディの手を借りたいところだが、ここのところの彼はなにかと忙しくしているようで、ゆっくり話ができていない。残された時間も少ないし、ここは自力で乗り切るしかないようだ。

怖くないと言ったら嘘になるが、頼りになるのは自分だけだと、ぐっと唇を引き結んで覚悟を決めた。

ニセモノと本物と

「ソフィア様。こちらにお座りください」

私を〝ソフィア様〟と呼ぶのは、イリアムの人だけになった。促されて鏡の前に腰を下ろすと、ポリーは早速髪を結い始めた。

婚儀当日だというのに、サンザラの人間は、私の周りにひとりもいない。

本物の王女様のもとへ向かったダーラが、無事に合流できたかどうかも不明だ。

クラリッサは、婚儀でのマナーを数回レクチャーしてくれたが、その都度『ソフィア様に恥をかかさぬよう』と口酸っぱく言ってきた。それに対して私は、負けるものかと意地になりつつある。

そしてすべてを教え終わると、クラリッサは『それでは』と部屋を後にした。以来、彼女の姿は見ていない。おそらく、イアンの補佐に専念しているのだろう。

彼女は最後まで、私という存在を認めなかった。きっと、ソフィア王女を敬愛しており、なにもできない私がその身代わりを務めるなんて許せなかったのだろう。

代わりに、イアンとは頻繁に顔を合わせている。彼はしつこいほど入れ替わりの手順を確認してくるから、しまいにはこちらの気力も削《そ》がれてしまう。すべてにおいて『はいはい』と空返事をしておいた。

レスターは、最初から変わらない。もとから言葉を交わす機会もほとんどなかったし、私にとってはいないも同然。

この国に入るまでに同行していた他の侍女や護衛騎士らは、私を城へ送り届けた数日後にはサンザラへ帰国したため、顔を会わせることすらなかった。

鏡の中の自分を見つめる。

最初は戸惑いしかなかったピンクの髪や青い瞳も、もはや見慣れつつあるのが怖い。まるで、もとの世界などなかったかのように思えてしまう。

思い悩むあまり表情はすぐれないが、身につけたドレスもアクセサリーも一級品で、おかげで澄ましていれば本当に王女様に見えるはず。

結婚式に白いドレスを纏うのは、この世界でも同じらしい。大胆に背中を見せたベルラインのドレスには、レースがふんだんに使われている。日が当たるとキラキラ光るのは、小さな宝石が縫いつけられているからだと聞いて、あまりの豪華さに気が遠くなりそうだ。

胸元を飾るネックレスの中央には、エディの瞳と同じエメラルド色の宝石が輝いている。その存在感ある大きさに、実際よりも重く感じてしまう。

並々ならぬ意欲で髪を結うポリーには申し訳ないけれど、沈みきった私の気分は少しも浮上しそうにない。

「ソフィア様、お綺麗ですよ。エドワード様も、きっとお喜びになられるでしょう」

エディが喜ぶなんて当たり前だ。仲睦まじさを国内外にアピールする最高の舞台なのだから。

未だにアピールしてくるという彼を狙う近隣諸国の高貴な身分の女性たちも、これであきらめてくれるに違いない。

「ありがとうございます。しっかり務めを果たさないと」

今日はこの後、大聖堂でエディと婚姻の誓いを交わす。この世界にも宗教のような概念があり、イリアムでは一度聞いただけでは覚えられないような長い名前の神様が大聖堂に祀《まつ》られているらしい。たしか戦の神様だと、エディが話していた。

誓いの場には、イリアムとサンザラの王族だけでなく、各国から招かれた要人も立ち会う。エディのお母様の出身国からも、何人か入国しているようだ。

彼らが見届ける中で言葉と口づけを交わして誓い合い、晴れて結婚が成立する。

それから、バルコニーに出てイリアム国民にお披露目をする。

本来なら、馬車に乗って市中を回るパレードを行うのだが、近々で何度か盗賊の被害が出ているため、安全面を考慮して今回は取りやめになった。

たくさんの人の前で終始笑みを浮かべるなんて、今の私には難しそうだから、パレードをしないのは正直ありがたい。

夜には、晩餐会《ばんさん》が予定されている。

この世界のスタイルでは、招かれた側が私たちに挨拶をしに来るため、返答はエディに任せて私はとにかく微笑んでいるようにとクラリッサに教えられた。

その場でダンスも披露する。これに関してはエディも何度か練習に付き合ってくれて、なんとか合格をもらっている。

「はあ」

「あら、ソフィア様。不安もおありでしょうが、こんなおめでたい日なんですから、ため息なんてつくものじゃありませんよ」

見つからないようにしたつもりだったが、ポリーの耳に拾われてしまった。

「ごめんなさい。なんだか、緊張しちゃって」

気が沈む理由はそれだけでないけれど、とりあえず今はごまかされてほしい。

「大丈夫ですよ。今日はいつでも、エドワード様が横にいてくださいます。リラックスして臨んでくださいね」

「そうですね」

ポリーの言う通り、この後はずっとエディがそばにいてくれる。でもそれは、晩餐会までだ。

その後、自室に戻ったらニセモノの私の役目は終わる。

今夜、彼の腕の中にいるのは私ではない。

「まだ時間もありますし、緊張を解してくれるハーブティーでもいれましょうね」

ポリーの心遣いが嬉しくて危うく涙ぐみそうになったが、ぎゅっと瞼を閉じてなんとかやり過ごす。

それからしばらくして、時間だとエディの側近が迎えに来た。

エディとは、大聖堂の扉の前で合流する予定になっている。

ポリーの手を借りながら、純白のドレスを踏まないようにゆっくりと足を進める。

ドレスに縫いつけられたたくさんの宝石が、動くたびにキラキラと光を散らしていく。ポリー曰く、これには幸せを振りまくという意味が込められているらしい。

ずっと足元を見ていたから、前を行く側近が立ち止まったのに気付くのが遅れた。すんでのところでハッとして顔を上げると、そこには正装したエディが立っていた。

白いシャツの上には、金糸で刺繍が施された丈の短い黒いジャケットを着用し、首には青色のクラバットが巻かれている。いつかもそうだったが、きっと私の瞳の色に合わせてくれたのだろう。細身の白いパンツはただでさえ長い彼の足をますますスタイルよく見せているし、それに黒いロングブーツを履いたその姿はまさしく貴公子。彼が身動きすると翻る黒いマントも、よく見ると内側に複雑な刺繍が入れられているようだ。

神々しいほどのその姿に、視線が釘付《くぎ》けになる。

私の姿を捉えたエメラルドグリーンの瞳が、スッと細められる。

「サーヤ」

エディは私に近寄ると、頬にそっと手を当てた。

「綺麗だ」

そのひと言で、頬が色づいていくのがわかる。自然の流れで手を取られ、その甲にそっと口づけられた。

「エ、エディも、すごくカッコいいです」

「ありがとう」

そんな言葉はこれまで嫌というほど言われてきただろうに、エディは心底嬉しそうに微笑む。

それから、私の手を自分の肘に添えさせた。

扉がゆっくりと開くのに合わせて、足元に向けていた視線を上げていく。

大聖堂には思ったよりも多くの人が集められているようで、ざわめきが聞こえてくる。それも私たちが姿を現すとピタリとやんだ。

左右に分かれた席は、もとの世界の教会とさほど変わらない。

左の最前列に座るエリオットとグロリアが、笑みを浮かべて私たちを見つめる。ふたりの間に座る王子と王女も、私と目が合うとかわいらしく手を振ってくれた。

チラリと右の最前席に視線を走らせる。そこには恰幅のよい男性と小柄な女性が並んで座っていた。このふたりが、サンザラの国王夫妻なのだろう。この人たちがどういう目で私を見ているのかが怖くて、まともに顔を見ないですぐさま視線を逸らした。

神様の前で嘘の誓いを立ててもよいのだろうかと戸惑う私に対して、エディは終始堂々としている。

予定されていた内容は滞りなく進み、残るは誓いの口づけとなった。

声楽家を目指して人前に立つ経験を少しずつ積んでいたからか、ここまではそれほど緊張せずにいられた。けれど、口づけを意識した途端に、心臓が痛いほど鼓動する。

呆気なかったファーストキスとは違って、あらかじめ意識しているせいだろうか。

向かい合わせになって、エディと目を合わせた。

これは、誓いのキスを装った別れのキスになるのかと思うと胸が苦しいが、花嫁として幸せそうに笑みを浮かべてみせる。

顔を近付けてくるエディを数秒見つめて、そっと瞼を閉じようとしたその時。エディがニヤリと、場にそぐわない笑みを見せた。

「愛してるよ、サーヤ」

そう小声で囁いたエディの口づけは、私の唇に……は落ちてこなかった。

「つっ……」

招待客の間に、どう反応すべきなのかという困惑が広がる。

それもそのはず。エディがしたのは、誓いの口づけではなかったからだ。

顔を近付けたエディは、その筋の通った鼻で私の頬を押しのけると、首元を曝《さら》け出させてガブリと噛みついた。

もちろん、血を流すほどの痛みはない。いつかしたように、噛み跡を残す程度の甘噛みだ。

それをペロリと舐め、傷跡を見て満足そうな顔をして、今度こそ私に口づけた。

エリオットを始め幾人かの参列者は、なぜかエディが私に噛みついた時点で祝福の拍手を鳴らした。そして、戸惑っていた人たちも、その後の口づけでハッとしたように手を叩き出す。

打ち合わせにはなかった行動に動転した私は、再び記憶に残らないくらい呆気なく唇を奪われていた。

「エディ‼」

大聖堂を後にして、人目がないのを確認しながら咎めるように彼を呼ぶ。

「さっきのはなんですか！」

首元を指しながら、不満顔で訴えた。対するエディは、何事もなかったかのようにケロリとしている。

「ん？　俺なりの誓い」

「なにが誓いよ……」

ある意味、口づけよりも恥ずかしかった。思い出すだけで、羞恥と怒りで顔が熱くなってプイッと顔を逸らす。

ドレスはまだ着替えないから、この跡を隠すこともできない。

そもそも主要な招待客には跡をつけられる現場を見られているのだから、隠せば逆に〝ああ、あれのせいね〟と思われそうで余計に恥ずかしい。

「サーヤ、そう怒るな。この噛み跡こそ、俺の本当の誓いだ」

狡《ずる》い。わけのわからない発言なのに、真摯《しんし》な口調で言われては文句が言えなくなってしまう。

「サーヤ」

どこに向けていいのかわからない不満を隠そうと葛藤する私を、エディが優しく呼ぶ。振り向きざまに、掠めるように口づけをされて驚きに目を見開いた。

「なっ……」

言葉を発する間もなく、エディが私を抱きしめてくる。突然すぎて、抵抗すら忘れてしまった。

「エドワード様、ソフィア様」

次の予定だと呼ばれて、エディが軽く肩を竦めた。今の姿を見られたかと思うと、恥ずかしくて仕方がない。

彼にエスコートされながら向かったのは、バルコニーだ。

近付くにつれて、集まった人々のざわめきが聞こえてくる。

神様の次は、たくさんの国民の前で嘘をつくのだと思うと、恐怖と緊張に手足が震えてしまう。

前を向く勇気がなくて視線を足元に落とし、無意識のうちにエディの腕に添えていた手にぐっと力がこもる。

すっかり冷たくなっていた指先に温もりを感じてわずかに視線を上げると、エディの手が添えられていた。私を励ますように優しい笑みを向けられると、さっきの苛立ちを忘れて気持ちが浮上する。

バルコニーには私たちだけでなく、国王であるエリオットと王妃グロリアに加えて、その子どもたちもそろって顔を見せる予定だ。それによって、新たに嫁いだソフィアを王家が歓迎しているという意思表示になる。

声を発したりなにか決められた動きがあったりしない分、大聖堂での儀式よりは余裕でいられるかもしれないと思っていたけれど、甘かった。エディにしてやられた。

彼による夫婦の仲良しアピールは、ここでも存分に発揮される。

笑顔で全体を見渡して、上品に手を振るだけで十分だと言っていたのに、エディはバルコニーに出ると早々に私を抱き寄せて、思いっ切り体を密着させてきた。

こんな場で押し返すなどできるはずもなく、少々顔を引きつらせながらそれを受け入れる。

彼の自由な行動はそれだけにとどまらず、五秒に一度のペースで髪や頬に口づけていく。そのたびにあがる歓声に羞恥を煽られて、瞳は終始潤んだままだ。

抗議の視線を送ろうと顔ごと振り向けば、すかさず唇に口づけられた。私の顔は、これ以上ないほど真っ赤になっていたに違いない。

こんな風にされたら離れ難くなると、目前に迫った別れにズキズキと痛みだした胸をそっと押さえた。

その後、晩餐会の前にお色直しをするため、ポリーと共に一旦控え室に下がった。

複数のイリアムの侍女たちに手伝ってもらいながら着せられたのは、エメラルドグリーンのドレスだ。ちなみに、私はこれを今初めて目にしている。

「こちらは、エドワード様ご自身の指示で作らせたドレスなんですよ。生地選びからデザインまで、随分拘《こだわ》られていました。なんとか間に合わせようと、優れた針子を何人も呼び寄せていましたし」

いつの間にそんな準備をしていたのか、まったく知らなかった。

「ご自分の瞳の色を選ぶなんて、ソフィア様は愛されてますすね」

「きゃあ」と小さく色めく侍女たちに、苦笑を漏らす。

独占欲の塊のようなドレスに、これは演出なのだから喜んではいけないと必死に自分を戒める。この調子だと、夫婦仲の良さは国外の招待客にも順調に広まっているだろう。

支度が整った頃、エディが私を迎えに来た。

「ああ、サーヤ。さっきのドレスもよく似合っていたが、この色が一番サーヤを美しく見せるな」

手放しの賛辞に、お世辞だとわかっていても胸が高鳴る。

恥ずかしくて視線を逸らした私を、エディがくすりと笑った。

「サーヤ。俺に愛されていると、自信を持って顔を上げるんだ」

彼のためにもここで俯いてはいけない。エディの言葉に勇気づけられ、しっかり前を見据えて次の会場へ向かう。

エディと並んで座り、次々に訪れる招待客にひたすら笑みを浮かべて応対し続ける。

「エドワード殿下、ソフィア様。このたびはおめでとうございます。殿下のこのようなお顔を見られる日が来ようとは……」

私たちのもとへ来る人たちは、この独占欲剥き出しのドレスと私にだけ向ける蕩けきったエディの表情に、驚きを隠せないようだ。客人の目などまったく気にならないのか、エディはこの場でもひたすら私に触れてくる。

何人かの客人に挨拶を済ませたところで、大聖堂の先頭に座っていたサンザラ国王夫妻が私たちの目の前に立った。この人たちがソフィア王女のご両親なのかと、緊張しながら対峙する。相手も、エディに悟られてはいけないと細心の注意を払うだろう。

イアンらの気質から想像した通り、両者とも人のよさそうな印象だ。

基本的にはエディと目を合わせていたふたりだが、時折、なにかを探るような視線を向けられるから居心地が悪い。

「——遅くにできた娘がゆえに、少々甘やかしてしまったが……」

この外見に戸惑っているからか、ニセモノとはいえ娘役として座っている私には愛想笑いのひとつも向けられない。

お祝いの挨拶に加えて、ほんの少しの身内としての言葉をかけて国王夫妻は去っていった。

挨拶の列が途切れると、次はダンスに移る。今夜のファーストダンスは、主役である私たちとエリオット夫妻だ。

エディに手を取られてホールの中央に進み出ると、周囲から痛いほどの視線を向けられる。嫉妬や羨望など様々な思いが交錯する中、少しでも弱気になれば前を向けなくなりそうだ。

「俺だけを見ていればいい」

そんな心情を見透かすように、身を屈《かが》めたエディが耳元で囁く。その優しさに囚《とら》われて、そこからはエディしか見えなくなる。

彼も私しか見えていないかのように振る舞う。ダンスは隙間がないほどぴったり密着してくるし、片時も視線を逸らさない。練習ではもう少し常識的な距離感だったはずだと視線で訴えても伝わらず、エディは笑みを深めて余裕で私をリードする。

これまでのギャップもあるのか、その瞳に新妻しか映っていない彼の姿は、招待客に大きな衝撃を与えていた。

予定されていた内容をすべて終えて、ホールを後にする。

退室するわずかな隙に、本物のソフィア王女が無事に私室に到着したと、イアンから耳打ちされた。聞かされた時はわずかに動揺したが、私の役目はこれで終わったのだと心中で自身に言い聞かせながら、幸せそうな笑みを浮かべ続ける。

今頃王女様は、初夜に向けて準備をしているのだろう。複雑な気持ちで、自室の扉の前で足を止める。

「エディ」

この期に及んで、未練がましく彼を呼び止めた。

「ん？」

従者は離れた場所に立っているため演技は不要だというのに、エディは変わらず甘い表情のままだ。

今この瞬間が、彼といられる最後の時間になる。涙が込み上げてくる衝動をなんとかやり過ごすと、精一杯の笑みを浮かべてみせた。

「楽しかったです」

エディとは、動物たちに囲まれながら何度も一緒にランチを食べた。時間が許す限りベッドの上で互いの話をたくさんしたのに、まだまだ足りない。できれば、もっと深く彼を理解したかった。

私の事情を知っている彼には、この後本物の王女様と入れ替わると伝えるべきだったかもしれない。

けれど、抱いてしまった彼に対する想いを断ち切るには、なにも告げずに姿を消すのが最善だ。話してしまえば、未練がましく縋って彼を困らせてしまいそうで怖い。

後に入れ替わりに気付いたエディは、いったいどんな反応をするのか気になるが、私はそれを見届けることはない。

彼は本物のソフィア王女との対面を喜ぶのか、それとも、礼も告げずに立ち去った私を薄情者だとなじるのだろうか。

王女様と私はそっくりだというから、そもそも気付かないかもしれない。そうだとしたら寂しいけれど、身代わり役としては大成功なのだろう。

私の言葉に笑顔で頷くエディを見届けて、想いを断ち切るように身を翻す。ひと足先に動き出した私の耳には、エディの部屋の扉が閉まる音は聞こえてこなかった。

扉を開けると、室内にはナイトドレスを纏った女性が背を向けて座っていた。その横で、ダーラが甲斐甲斐しくあれこれと世話を焼いている。

「ソフィア王女」

その存在を確かめるように、名前を呼ぶ。女性はゆっくりと立ち上がって、そっと振り返った。

無言で互いに見つめ合う。

まるで鏡を前にしているようだ。なにか声をかけようと思うのに、驚きすぎて言葉が出てこない。

本当になにからなにまでそっくりで、違いを見つける方が難しいくらいだ。得体の知れないはずの私が、一国の王女様の身代わりに仕立て上げられたのにも納得できる。

これならエディも、入れ替わりに気が付かないかもしれない。

一歩前に足を踏み出そうとしたところで、横に控えていたクラリッサがサッと手を伸ばして私を制止する。

「さや香様。不用意に近付かれては困ります」

「え？」

厳しい人だと感じていたが、今のクラリッサはまるで私を敵であるかのように睨みつけてくる。その形相に、慌てて動きを止めた。

隣に立つ王女様が私に向ける視線も同じようなもので、明らかに見下されているとわかる。

「慣れ慣れしく、名前を呼ばないでくださらないかしら」

自分と同じ顔をした王女様のキツイ物言いに、思わず口を噤む。

「あなたは私の身代わりにすぎないのだと、わかっておいでかしら？　もう用済みだというのに、どうしてまだここにいらっしゃるの？」

「よう、ずみ……」

言われた通り婚儀をこなして、指示されるままここへ来たというのに、この言いようはなんだろうか。

「あなた、随分エディにかわいがられていたそうね」

彼女の口から出た愛称に、私以外には呼ばないでほしいと嫉妬で胸が苦しくなる。

それにしても、彼女がどうしてここまであからさまな悪意を向けてくるのか、まったく理由がわからない。

「こんなことなら、最初から私がくるべきでしたわ」

攫われた王女様の発する言葉としては違和感があり、どういう意味かと様子をうかがう。

「彼《か》の国の血を引く王子など、野蛮すぎて私にふさわしいはずがないと思っていたのよ。いずれお父様に破談にしてもらうつもりで、お気に入りの護衛騎士と姿を消していたけれど……」

そもそも、誘拐されたというのは嘘だったのか。あまりの言い分に唖然《あぜん》とする。

真相をイアンらが知っていたかは不明だが、彼女を心配して身代わりまで務めた私としては、これまでの時間はなんだったのかとやりきれない気持ちになる。

「やはり、私にふさわしいのはあの方だと思い直して戻ったのよ」

エディの姿を思い描いたのか、王女様は艶《あで》やかな笑みを浮かべた。

とてもではないが、彼女の語る内容は淑女中の淑女だとは思えない。

「嫁いできた王女と仲睦まじくしていると、いないはずの自分の噂を耳にして探ってみれば、身代わりを用意したと聞いて驚いたわ。殿下がその女を大そう気に入って大事にしていると、平民らの間にまで知られるほどよ。たまたま市井で盗賊と対峙する殿下の姿を見かけたけれど、随分と素敵な方なのね。あの男なら、結婚してあげてもかまわないわ」

どこかうっとりとした様子で身勝手な主張をする王女様を、これは現実なのかと半信半疑で見つめる。

ようやく彼女の言葉を理解した頃に、どういうことかとクラリッサとダーラを見れば、ふたりは対照的な表情を浮かべていた。相変わらずツンと澄ました表情のクラリッサは、もしかしたら王女様の本性も行動も承知していたのかもしれない。困惑気味のダーラはおそらくなにも知らず、この王女様を慕っていたのだろう。

「さや香と言ったかしら？　私の代わりというには随分と力不足のようね」

頭の先からつま先まで、値踏みをするような視線を向けられる。

この人が淑女だとは思えないが、不遜な態度からは確かに王女様という立場にあったのだろうとわかる。ただし、随分と奔放な方のようだ。

「そのわりには、身代わりとしてあの方にうまく取り入ってくれたようね。そこだけは褒めてあげるわ。けれど、同じ顔はふたつも必要ないの。さっさと出ていってくれないかしら」

私になにも言わせないまま背を向けると、ダーラに支度の仕上げをさせたソフィア王女は寝室へと入っていった。

「さや香様、着替えを」

急《せ》かすクラリッサに、小さく息を吐きながら従う。エメラルドグリーンのドレスの代わりに渡されたのは、彼女らが身に纏っているものと同じ服だ。これを着て、侍女になりきってここを抜け出すらしい。

チラリと寝室に視線を向けると、結わえた髪を解いていたクラリッサが、余計なことは考えるなとばかりに力任せに髪をぐっと引っ張った。

「痛っ」

抗議のうめき声をあげたが、彼女は反応ひとつしないで淡々と作業を続けていく。

クラリッサはなぜ、あんな振る舞いをする王女様の味方をするのか。もしかしたら彼女は、いわゆる仕事人間なのではと私は感じている。仕える主がどんな人物であろうと、任された仕事を全うする。それぐらい、彼女のやることは徹底しているようだ。

それに、その立ち居振る舞いや発言力から察するに、クラリッサはそれなりに身分が高いのだろう。だからこそ、ポッと出の私を王女様と同じように扱うのが我慢ならなかったのかもしれない。

簡単に化粧を落として着替えを済ませると、追い立てるように扉に向かわされる。

「行きますよ」

「……はい」

今はまだクラリッサにおとなしく従っておくけれど、決して屈したわけではない。

「これから、外で待たせている馬車まで向かいます」

「わかりました」

「できる限り、人通りの少ない通路を考えてありますが、顔を見られるわけにはいきません。気を付けてください」

もはや私は、コソコソしないといけない存在なのかと落ち込みそうになるが、あきらめはしない。必ず隙を見て逃げ出してみせると誓いながら、手渡されたポンチョを羽織ってフードで顔を隠す。

乱雑に背中を押されて部屋を出ると、廊下で待ちかまえていたイアンとレスターも加わる。三人に囲まれるようにして、静かに歩き出した。

息を潜めて通路を進んでいく。昼間の賑やかさが嘘のように静まり返る城内に、あの婚儀は夢の中の出来事だったのではとすら思えてくる。

二度ほどイリアムの侍女とすれ違ったが、特に気になる反応はされず、疑っている様子はない。

そのままたどり着いたのは、エディとランチを共にした中庭だった。さすがに城の正面から出るわけにはいかないだろうし、どこか目立たない出入口を使うようだ。

「このまま、森を抜けて裏門から出ます」

それは以前、エディが秘密の場所へ連れていってくれた時に通ったところだろう。イアンの説明に頷き返したが、騎士団が詰めている塔に近付く危険を感じていないのかと疑問に思う。森を抜ける人など滅多にいないだろうと踏んでの選択かもしれないが、最後までお粗末な計画に笑ってしまいそうだ。

意地悪にも、騎士団の人間に遭遇する可能性は指摘しないでおく。もしかしたらそこでチャンスが生まれるかもしれないと考えれば、なおさら教えはしない。

静々と歩みを進めながら、エディと過ごした時間を思い起こす。今後はその横にソフィア王女が寄り添うのだろうと想像しかけて、慌てて首を横に振った。

暗闇の中、さっと森に目を走らせる。最後にこの思い出の場所に来られただけでも十分だ。ここで過ごした幸せな時間は、一生忘れないだろう。

「さや香様。城の外に出たからといって、気を抜かないでください」

少々上の空になっていたと、クラリッサに見抜かれてしまったようだ。相変わらず、私に向ける彼女の言葉には温度がない。

小声で謝罪をしながら、先頭のレスターに続いて音を立てないように先へ進む。

「誰だ」

芝生の中頃まで来たところで突然かけられた鋭い声に、四人共ピタリと足を止めた。どうやら見つかってしまったようだ。

背後から近付いてくる複数の足音に、体が強張って振り返る動作がぎこちなくなる。振り切ることはできないだろうと判断したクラリッサの合図で、その場にとどまって応対する。

「サンザラの侍女、クラリッサでございます。夜分にすみません。一度、国に帰るように言われて出てきたのですが、なにぶん広いお城なので、道に迷ってしまいました」

この状況で、これほどまで堂々とでたらめを言ってのける彼女は、ある意味すごい人だ。

「道に、迷う？」

駆けつけたふたりの騎士は、クラリッサの話に疑わしげに眉をひそめた。

「そんな呑気なことを言っている場合か？」

切羽詰まったように、もうひとりの騎士が気色ばむ。

「なにかあったのですか？」

「知らないのか？　ソフィア王女が姿を消したんだぞ。イリアムの騎士総出で行方を追っている」

「なんですって」

クラリッサが珍しく感情のこもった声をあげる。突然のアクシデントに、焦りを感じているようだ。

ふと城に目を向ければ、さっきまでの静けさはなくなっていた。チラチラと光って見えるのは、灯《あか》りを手に走り回る人たちがいるからだろう。

「とにかく、一度城内へ戻るように」

有無を言わさぬ様子で促されたら、もちろん拒否はできない。

逃げ出す前に想定外の事態に巻き込まれ、今後の予定が狂ってしまった。でも、あきらめはしないと、動き出すきっかけを探るようにひとりひとりの様子をつぶさに観察する。

「ソフィア様がいなくなったとは、どういうことですか？」

歩きながら、少々苛立った調子でクラリッサが問いかけた。

「どうもこうもなく、言葉通りだ。エドワード様の指示のもと、城の内外の捜索を開始した」

「そんな……」

顔を見合わせるサンザラの人間は、一様に困惑気味だ。

ほんの少し前、寝室に入る本物のソフィア王女を見届けたばかりだというのに、いったいなにが起こっているのか。

「ここで待つように」

これまで立ち入ったことのない部屋の扉を開け、足を踏み入れる。途端に、先頭にいたイアンがヒュッと息を呑んで立ち止まった。続いて、レスターもクラリッサさえも同じような反応を示す。

なにがあったのかと、後方からチラリと上げた視線の先にいたのは、エリオットとエディだった。

エリオットに座るように言われれば、従うしかない。

目の前に並ぶ四人にさっと視線を走らせると、エリオットが重々しく口を開く。

「ソフィア王女の姿がないと聞いたが、なにか知っているか？」

もったいつけるような口ぶりに、イアンが体を震わせた。

「先ほど、確かにソフィア様は寝室にお入りになられましたが……」

この状況に困惑しつつも、しっかりとした口調でクラリッサが答える。

「それは、このニセモノのことか？」

エディの放った言葉に、サンザラの人間は互いに顔を見合わせる。

入ってきた扉とは対角にあるもうひとつの扉に立つ騎士に向けて、エディが指示を出すと、開かれた扉から騎士たちに囲まれたソフィア王女とダーラが入ってきた。拘束こそされていないものの、扱いはまるで罪人のようだ。

「ソフィア様‼」

「動くな」

思わず駆け寄ろうとしたクラリッサを、エディが制す。

怒りを含んだその声音に、彼女の体がビクッと跳ねた。

「なっ……で、ですが、ソフィア王女にそのような扱いを……」

「言っただろ？　こいつはニセモノだ」

泣きはらしたと思われる様子の王女様に、エディは冷ややかな目を向けた。

「そのような物言いは、王女様に対して失礼ではありませんか？」

「失礼だと？　ニセモノを寄越しておいて、どの口が言うか」

エディは相当苛立っているようで、すかさずエリオットが諫《いさ》める。

「エドワード、落ち着くんだ。この者の主張もわからなくもない。そこにいるのは、私にもソフィア王女に見えるのだが？」

なんとなく、演技がかった言い方をするエリオットの様子が引っかかる。けれど、エディの怒りに身を竦めたクラリッサたちは、なにも気が付いていないようだ。

エディはいったい、なにをしようとしているのだろうか？

「陛下。確かに、見た目だけなら本物に見えるかもしれません。しかし、私の鼻はごまかせません」

「というと？」

「匂いが違う」

クラリッサとイアンは、なにが言いたいのかと首を傾げた。

当事者である私だけ、みんなとは違う不安に襲われている。自分はそんな変な匂いを放っていたのだろうかと、不謹慎にも自身の腕に鼻を寄せた。

「狼の血を引く私には、その違いは一目瞭然」

「え？」

無意識に小さく漏らした声に、エディが反応する。フードの陰から向けた視線が彼と絡むと、鋭さは消えて打って変わって甘くなる。エディは私がここにいると、始めからわかっているのだと確信した。

「サンザラの人間よ、聞くがよい。私の母が、狼の血を引く一族の出だというのは事実だ。サンザラでも、噂話程度には知られているはずだな」

イアンとクラリッサが、おずおずと頷く。

「その性質の一部は、私にも受け継がれている。狼の血が流れる私は、生涯ひとりの異性しか愛することができない。ソフィア王女との結婚が決まり、私のもとにやってきた彼女の匂いに触れた瞬間、彼女が自分の運命の相手だと確信した。ゆえに、婚儀では狼流の誓いを立てた」

「狼流の誓い、ですか？」

そう呟いたクラリッサに、エディは変わらず厳しい目を向け続けている。

「狼の愛情表現。それは相手の首元に噛み跡をつけること。私は今日、多くの招待客の前で確かにその誓いを立てた」

ハッとして首筋に手を当てた私を、再びエディの優しい視線が捉えた。

「確かに、エドワードはそうしていたな」

苦笑混じりにエリオットが言う。

あの誓いの場で、エディが私の首に噛みついたタイミングで拍手をしたのは、きっと狼の血を引く人間の性質を知っていた人たちに違いない。事情を把握しているエリオットも、真っ先にそうしていた。

「陛下だけではなく、あの場にいたすべての人間が、その様子を見ていたはずだ。このニセモノの王女には、その噛み跡があるか？」

そんなものついているはずがないと、クラリッサたちも知っている。私の方にそれを伝えるなんていう意識もなかったし、そもそも王女様からは初対面で悪意を向けられて、なにかを話す隙もなかった。

「ポリー、確認してくれ」

エディの指示を受けて、彼の背後に控えていたポリーが王女様に近付く。

「失礼します」

ソフィア王女をその場に座らせると、右も左もじっくりと確認する。

「エドワード様。そのような跡は、どこにも見受けられません」

その報告に頷いたエディは、再びこちらに向き直った。

「さて、どういうことだろうか？」

まるで獲物をいたぶるように意地悪くニヤリとするエディに、ザンザラの人間は誰もなにも答えられない。

「サンザラ王国は、我が弟にニセの王女をあてがおうとしたというのか？」

エリオットの言葉に、イアンが竦み上がる。

ニセモノと本物が無事に入れ替われば、なんの問題もないと楽観的に考えていた彼にも、事の大きさがわかってきたようだ。

このとんでもない企みが国王であるエリオットに知られた以上、国と国との問題に発展しかねない。友好関係を築くどころか、イリアムはサンザラを見捨てるか侵略する可能性も出てくる。

「それとも……」

勿体《もったい》つけるように、エリオットが言葉を切った。

「サンザラの国王が、末の王女を溺愛しているのは有名な話だ。まさかと思うが、手放すのが惜しくなって、こちらへはニセモノを寄越そうと婚儀の後に入れ替えたのだろうか？」

「そ、そのような、ことは……」

しどろもどろになるイアンに、それ以上弁明できるはずもない。理由はどうあれ、私たちを入れ替えたのは事実なのだから。

彼の狼狽《うろた》えた様子は、その通りだと言っているようなものだ。

「さて、俺のサーヤを返してもらおうか」

エディの口調がいつもの調子になる。

すっと立ち上がると、わずかな迷いもなく私のもとへ近付いてくる。目の前で足を止めて身を屈め、顔を隠すフードをさっと払って正面から目を合わせた。

「見つけた、サーヤ」

途端に蕩けるような笑みを浮かべるエディに、戸惑いつつも喜びで胸が震える。

「エディ……」

「初夜というのに、夫を置いていくとはひどいじゃないか」

そう言うと、人目も憚《はばか》らず私の鼻に自身の鼻を擦りつける。私が戸惑って動けないのをいいことに、そのままいつものように鼻をカプリと甘噛みまでしてみせた。

その様子にクスクスと笑い声を漏らしたのは、さっきまで厳しい表情をしていたエリオットだ。エリオットもエディも、困惑するサンザラの人間など、もはや関係ないようだ。

「ポリー、サーヤの首筋も確認してくれ。でないと、サンザラの人間に本物だと証明できないだろ？」

「承知しました」

そばに来たポリーが、私に小さく微笑みかける。ソフィア王女にしたのと同じように、首元に手をかけた。

「確かに、噛み跡が見られます」

ここにいる大半の人間がわかっていただろう事実を、改めて認めさせる。

「ならば……」

「きゃあ」

ポリーの証言を受けて話し出したエリオットを遮るようにして、突然エディが私を抱き上げた。

「ああ、コホン。エドワード、気持ちはわかるが少し待て」

まるでかわいい弟を諫めるような口調のエリオットを、エディがジロリと睨む。相手は兄である前に陛下なのだと心配になるけれど、おそらくこれが、この兄弟の距離感なのだろう。骨肉の争いなど、心配はまったくないようだ。

「まだ待てと？」

「ああ。もう少しだけ、辛抱してくれ」

　フンと不機嫌に鼻を鳴らしたエディは、私をお姫様抱っこしたまま座っていたソファーへ連れていく。自身の膝の上に私を横抱きにして座ると、満足そうに笑みを浮かべた。

「ちょっ、ちょっと……」

　私の小さな抵抗ではびくともしない。額に口づけを落としたエディは、一転して厳しい表情をイアンたちに向けながら口を開く。

「やはりサンザラの国王は、ソフィア王女を手放したくなくなったのか？」

「そ、それは……」

「違うのか？　だとしたら私にニセモノを寄越して、イリアム王国を笑い者にしようとしたのか？」

「と、とんでもありません」

　完全に怯えきっているイアンは、見ているこちらがかわいそうなくらいだ。

　彼の横にいるクラリッサは、ぐっと唇を噛みしめて私に鋭い視線を向けてくる。

「早々に帰っていくサンザラ国王を、無理にでも足止めしておけばよかったか？」

「い、いえ……」

「まあ、国王がいないのは、今夜に限っては幸いだったのかもしれないな」

挑発するような発言に、クラリッサがエディに視線を移す。

「国王の横槍がない方が話は早い。陛下、この処理は私に任せていただいても？」

エリオットが「ああ」とにこやかに頷いたのを受けて、サンザラの者たちを改めてざっと見回す。

「このまま、この本物のサーヤをおいてニセモノを連れ帰るのなら、今回のいざこざはなかったことにしてもいい。もちろん、イリアム側はなにも見聞きしていない。ああ、サンザラも、なにもなかったという認識でかまわない」

エディは公衆の面前で花嫁の首筋に噛み跡をつけたのを証拠として、婚儀の場にいたのは私であると証明した。

それをもとに、まさかあの場にいたのがニセモノであるわけがないと、半ばサンザラ側を脅すような姿勢を取る。

彼のその言い分は筋が通っているだけに、イアンらはなにも言い返せない。

「それでもなお、今私の腕の中にいるサーヤがニセモノであり、サンザラに連れて帰ると言うのなら、イリアムはサンザラを敵国と見なす。その上でサーヤは、重要参考人として捕らえてしまおう」

語尾がわずかにいたずらめいているのにも気付かず、顔を突き合わせたサンザラの面々は至って深刻だ。

エディはどうしても私を、ソフィア王女としてここにとどめておきたいらしい。それは多分、狼としての彼の性質を知っている私が妃として存在していれば、縁談避けになるだけでなく、本当に心惹かれる人を探すための時間稼ぎになるからだろう。

そんな風に長くそばにいたら、あきらめると決めたはずの想いがますます大きくなってしまいそうだ。再び別れが訪れた時、私は前を向いていけるだろうか。

「迷う時間は与えてやらぬ。初夜がお預けになるなど、無粋な真似《まね》はしないよな？」

凄《すご》んでみせたエディの迫力に、さすがにクラリッサも顔を青ざめさせた。

「答えはここで出してもらおうか。今すぐにだ」

必死に思案するイアンの額には、幾筋もの汗が伝っている。

「……も、申し訳ありませんでした。サンザラ王国の願いはひとつ。イリアム王国との友好関係を築くことでございます。決して、敵対しようなど望んでおりません」

一旦頭を下げたイアンは、覚悟を決めたように顔を上げて前を見据える。

「サンザラ国王はおっしゃる通り、王女様かわいさゆえに手放すのが惜しくなったのでしょう。決して、イリアム王国を陥れようとは思っておりません。どうか、お許しくださいます」

さっきまで怯えていた人とは思えない潔い寝返りに、エディが満足そうに頷いた。

「な、なにを突然。そんな勝手な発言など、お父様が許さないわ」

捕らえられている王女様の反論に、全員の視線が集まる。

すぐさま彼女を囲う騎士らが反応したが、エディが手をひと振りすると、警戒はそのまま成り行きを見守る態勢を取る。

「たかだか宰相補佐の分際で、口を慎《つつし》みなさい！」

「それは、あなたの方です！」

イアンが、彼らしくなく声を荒げた。口調も随分と厳しいものだ。この人にもこんな激しい一面があったのかと、状況も忘れて感心する。

「私はこれまで、サンザラ王国の繁栄《はんえい》だけを切に願ってきました。国の代表として、この婚姻を取り仕切っているのは私です。その邪魔をするというのなら、たとえ王女様にそっくりなあなたの言動とはいえ、容認するわけにはまいりません」

きっぱりと言い切ったイアンの横顔に、怯えはいっさい見られない。

これでイリアム側だけでなく、サンザラ側も噛み跡のない彼女をニセモノだと断言したことになる。

自分がいかに不利な立場なのかを悟ったようで、王女様は悔しそうに表情を歪めた。

「お前たちは、ちょうど国へ帰るところだったみたいだな」

これ以上の反論はないと踏んだエディが、ことの幕引きにかかる。

「ならば、このニセモノを連れてこのまま帰るがいい。ああ、そうだ。国王も嫁いだ娘が気がかりだろうから、サーヤの様子は今後もちゃんと知らせるとしよう。なんなら、夫婦で遊びに行かせてもらおうか」

エディの嫌み混じりの言葉は、捕らえられている彼女に対して、自国に帰っても表舞台に姿を現すなという脅しだ。

さっさと帰れと促されて、サンザラの人間は一様に項垂《うなだ》れて部屋を後にした。

室内は人払いがされ、エリオットとエディと私の三人だけになった。

私は未だにエディに抱えられたままでいる。そろそろ下ろしてもらわないと、恥ずかしさでどうかなってしまいそうだ。

「エドワード」

ジッと扉を睨みつけていたエディは、エリオットの声にやっと力を抜く。

「エリオット、ありがとう」

「いや。エドワードには、この娘が正解だったのだろう?」

「ああ」

エディは頷きながら私を見つめてくるけれど、どういう話になっているのかがまったく掴めない。

「奥方が混乱しているようだぞ。今夜はもう遅い。私への報告は明日でかまわないから、部屋に下がって休ませてやりなさい」

私を抱えたままさっと立ち上がったエディは、陛下の言葉に従って扉に向かって歩き出す。

「ちょっ、ちょっと、エディ？」

「ソフィア妃……いや、さや香嬢と呼ぶべきかな？　安心するがいい。すべては収まるところに収まった」

なぜ私の名前を知っているのかと、陛下の言葉を聞いて驚きに目を見開く。

足を止めるつもりのないエディに焦りながら、抱えられた状態で黙礼をした。

エディに連れていかれたのは、私たちの寝室だ。けれど、なにかが違う。

「こ、これ」

「ああ」

ベッドを指し示す私に、エディが頷く。

「ニセモノの王女が触れたベッドなど、使えるわけがない。サーヤ以外の匂いがついたものは、すべて取り替えさせた」

「は？」

昨夜まで使っていたものとは違うベッドが、部屋の真ん中に置かれている。私がこの部屋を離れてからこれまでの短時間で、大きなベッドを入れ替えてしまったのにも驚きだが、その理由も理解できない。シーツを換えるくらいならともかく、ベッドごと取り替えさせてしまうなんて、エディはなにを考えているのか。

「まあ、そんなのはどうでもいい」

さっきまでとは違う、いつもの砕けた話し方になんだかホッとする。

ベッドに近付くと、真新しいシーツの上に私をそっと下ろした。自分は椅子を引き寄せて、向かい合わせに腰を下ろす。

「詳しい説明だとか、そんなものは後回しだ」

気になって仕方がないと、不満を視線で訴える。

「散々待たされたのだから、もうこれ以上は待てない」

私の両手をそっと取って自身の大きな手で包み込むと、美しいエメラルドの瞳が間近から私を捉えた。

「サーヤ。サーヤは今も、もとの世界に戻りたいと思っているか?」

揺らぐ瞳に、ギュッと胸が締めつけられる。こんな不安そうなエディを見るのは、初めてだ。

「なにも心配はいらない。サーヤの本当の願いを聞かせてほしい」

「私の、願い?」

「ああ」

告げてもよいのだろうかと思案していると、励ますようにエディの手に力がこもる。

「……許されるのなら、私は……私は、エディの隣にいたいです。エディがくれた、この私の居場所にずっといたい」

溢れる涙をこらえるなんて、できるはずがなかった。願っても叶いはしない想いを告げるのは勇気がいるが、隠し通すのはもう限界だ。

声をしゃくり上げながら泣き続ける私を、エディがその胸元に抱き寄せる。

本当は、抱きしめてくれるこの腕を手放したくなんてない。ソフィア王女にこの場所を譲るのは、苦しくてたまらなかった。

「サーヤ」

優しい声音に、心が震える。

「俺が唯一心を許せるのは、サーヤだけだ」

驚いて見上げれば、熱のこもったエメラルドの瞳に囚われてしまう。

「俺がこの腕の中に抱いていたいのは、サーヤだけだ」

「私、だけ?」

「俺が自分の妃にと望むのは、さや香、おまえだけだ」

私だけだと繰り返すエディに、すべてをあきらめかけていた心が幸福感に満たされていく。

同時に戸惑いを見せる私を、もう逃がさないとでもいうようにエディがきつく抱きしめ直す。

「どうして私なんですか?」

「初めてここでサーヤと出会った時、ああ、俺の相手はこの娘だと瞬時に悟った」

初対面のあの時、そんな素振りはいっさいなかったはずだ。むしろ、鞘に手をかけたエディが今にも切りつけてくるのではと、恐怖を感じていた。

首を傾げる私に、エディがさらに続ける。

「ただ、どう見てもソフィアそのものの外見だから混乱した。見た目はソフィアなのに、匂いが違う。初めから、あの王女様は俺の唯一じゃないとわかっていたんだ」

また匂いの話だと、エディの胸元を押して距離を取ろうと試みたが、無駄に終わる。

「匂いといっても、不快なものではないぞ」

くすりと笑ったエディは、補足しながらつむじに口づけた。

「もしかして、なにか細工をしたのかとすら考えたが、どうも違う。そうそう、俺が個体の匂いを嗅ぎ分けられるのはエリオットも知っているからな」

よくわからないが、エリオットの反応に違和感があったのはこの辺りの事情が関係していそうだ。彼はいろいろと把握した上で、弟のためにひと肌脱いだのだろう。

「なにから聞けばいいのか……とりあえず、どうしてソフィア王女が唯一じゃないってわかっていたんですか？　たしか、初対面のはずでしたよね」

胸元からエディを見上げると、髪をさらりと撫でられる。

「王女には、一度狼の姿で近付いている。それで違うとわかっていた。それから、あの王女が評判通りの女性ではないとも知っているからな」

私に対する悪意に満ちた王女様の態度を思い出す。会う前からエディを毛嫌いして、お気に入りの騎士と駆け落ちをしたとも話していた。

今夜の様子から、その本性を知っているのは限られた人だけだと感じている。

周辺諸国には貞淑な美姫だと間違った情報が広まっているようだが、エディはなぜ彼女について正確に把握していたのだろうか。探るような視線を向けると、苦笑しながら話してくれた。

「たまに、無性に走りたくなる時がある。多分、無意識のうちに自分の伴侶となる相手を探していたんだと思う。自然の多いサンザラへは、何度か行っている。近付いたのは、その時だな」

確かに、サンザラは自然豊かな国だった。大きな狼が走り回るには、都合がよさそうだ。

「サンザラをそのまま残したい理由のひとつだな」

エディは照れたように笑った。

この人には、本当にいろいろな面がある。王族として厳しく詰問していたかと思えば、鼻を擦りつけて甘えてくる。まだ見ぬ剣をかまえた姿なんかは、聞く限りきっと凛々《りり》しくて頼もしいのだろう。

「訪れた先で見聞きしたのが、王女の本当の姿だ。限られた人間の前では随分と横暴な振る舞いをしていたようだ。それに音を上げた使用人らはいつの間にか姿を消し、最後に残ったのがあのクラリッサという侍女だ」

やはり新たに仕え始めたダーラは、真相を知らなかったようだ。

それについて考え込むと、こっちに集中してほしいとばかりにエディが私を包む腕に力を込める。

「前にも話したが、たったひとりの異性にどうしようもないほど惹かれるのは、狼の宿命だ。初めてサーヤと会った夜、これまでどれほど探しても見つけられなかった宝物が、どうして自分の目の前にいるのかと信じられなかった。まあ、一応こういう身分だから、建前で警戒してみせたけどな」

〝宝物〟だなんて言われて、くすぐったくなる。

「婚儀の前に寝室を共にさせた宰相には、褒美をやらないとな」とエディが笑う。

あの時はただ、利害が一致しただけの都合のよい相手だとくらいにしか思っていなかった。エディだって、そう話していたはずだ。

「サーヤから事情を聞いて、半信半疑ながら納得した。見た目が同じだけで、違う人物なのだと」

双子のようにいくら外見が同じだったとしても、匂いまでは同じにならないという。

誰にでもわかるような目に見えるものではないけれど、ソフィア王女との違いがひとつでもあるのは、私が月森さや香であると証明されたようで嬉しい。しかもそれがエディにしかわからないという事実が、ふたりの出会いが運命だったのだと思わせてくれる。

「自分の唯一の存在を見つけた以上、手放すなどできない。そうとなったら、いかにして本物を送り返してサーヤを手に入れるのか、エリオットにも協力してもらって今回のことを実行した。当然、今夜サーヤが王女と入れ替わると事前に知っていた。サンザラに送り込んでいる密偵からの報告もあったが、なによりあいつらは城の中で堂々と作戦会議をしていたんだぞ。俺の耳には筒抜けだ」

イアンたちも、まさかこれほど耳のよい人間がいるとは思っていなかっただろう。でもそんな事情を差し引いたとしても、日頃の言動を見ている限り警戒心は低く、エディでなくとも彼らの策略など事前に気付けていたかもしれない。

「エディ」

国王であるエリオットまで巻き込んで、私を手元に置こうとしてくれた彼が愛しくてたまらず、彼の背中にそっと手を回す。

「私、あなたが好きです。この世界で〝月森さや香〟の存在を認めて、居場所を作ってくれたのは、唯一エディだけでした」

自分の気持ちをどうしても伝えたい衝動に駆られて、生まれて初めての告白をする。

「サンザラの人間は、本物の王女様が見つかって以来、ニセモノの私には見向きもしませんでした。助けてもらった身である以上、そんな扱いをされても仕方がないとあきらめていました。でも、本物の王女様がこの寝室に入っていく姿を見送るのだけは、どうしようもないほど苦しくて……」

私を抱きしめるエディの腕に、再び力がこもる。

「このままサンザラに連れていかれても、私の存在は不都合になるはずだとわかっていたので、隙を見て逃げ出す計画を立てていました」

「サーヤ、言っただろ？　サーヤの居場所は俺が守ってやるって」

その言葉が、いつだって私を励ましてくれた。

「最愛の女性をみすみす手放すなんて、できるわけない。サーヤのことは生まれて初めて、なにを差し置いても手に入れたいと願ったんだ。そんな気持ちを知ってしまった以上、あきらめられるわけがない。だから、俺のいる場所がサーヤの居場所だと伝えてきた」

「エディ……」

「サーヤに惹かれたきっかけは、確かにその特別な匂いだ。でも、それがすべてじゃない。突然知らない世界に迷い込んだというのに、あきらめずにいつも前向きなサーヤを見ていると、愛しさが増していく。それは匂いなんて関係なく、俺の中に自然と育った感情だ。もとの国に帰りたいという願いを叶えてやりたいと思うのも本心だが、それでもこれほど愛しいサーヤを手放したくはなかった」

初めて聞く彼の本心に、胸が熱くなる。

日本に帰りたい気持ちは、まったくなくなったわけではない。けれど、今の私にはそれ以上に手放したくない存在ができてしまった。

同じ気持ちを抱いていたのだと心を震わせて喜びをかみしめる私に、エディはさらに言葉を重ねる。

「悪態でもついていないと、簡単に理性が崩壊しそうだった。すぐにでもサーヤに襲いかかりそうになってしまう。それなら離れていればと思っても、姿が見えないと心配でたまらなくなる。毎晩サーヤを抱きしめて寝るのは至福のようでいて、拷問でもあった。サーヤを自分のものにできるこの日を、俺がどれほど待ち望んでいたか」

少し方向性が変わった突然の熱い告白に戸惑う私を、エディはベッドに押し倒した。私に跨《またが》って見下ろしてくるエメラルドの瞳からは、さっきまでの甘さが消えてギラギラと怪しく煌めいている。まるで、獲物に狙いを定めた獣のようだ。

けれど、少しも怖くはない。

「サーヤ。俺の愛しい花嫁。今夜、名実共に本当に俺のものにしていいか?」

エディの言っていることを理解して、全身が熱くなる。

自分が初めて好きになった相手にこれほどまで望まれて、拒むはずがない。

「エディ、私をあなたのお嫁さんにしてください」

言うが早いか、もう我慢できないというように、エディは私の首元にガブリと噛みついた。


「ふんふんふん……」

鼻歌を歌いながら、ポリーがシートを敷いてランチの準備をしてくれるのを一緒に手伝う。人目がなければ、彼女は私の手出しを決して咎めない。

準備を終えると、「ごゆっくり」とその場を後にした。

足元には、早くもユキや鳥たちが集まってきている。

「エディはまだかかな?」

彼の到着を待ちきれなくて、ユキに尋ねた。

『もうすぐだよ』

森を見つめるユキの耳には、彼の足音が聞こえているのかもしれない。

ユキに倣って私も森に目を向ければ、ほどなくしてエメラルドの煌めきが見えた。

「エディ！」

『待たせたな』

珍しく今日は、狼の姿でやってきた。

「なにかあったんですか？」

私の足に頭をのせてきたエディを撫でながら、この姿である理由を問いかける。

『ふん。午前中いっぱい、事務仕事ばかりだった』

不機嫌な様子に、思わず苦笑した。

彼は座っているよりも体を動かしている方が好きで、日頃からなにかと理由をつけては、バーンハルドに事務仕事を押しつけて外に飛び出しているようだ。

どうやら、今日は失敗したのだろう。

体の大きな狼は、まるで労ってくれとでもいうように、その鼻先を私に押しつけてくる。もしかしたらこの後、どこかに走りに行くつもりなのかもしれない。

その姿を想像してクスクスと笑いながら、顔から首筋へと毛繕いでもするようにくいくいとかいてやる。

「団長‼」

休憩もそろそろ終わる頃に、背後から声をかけられてビクッと体を縮こませた。それは私の膝枕で寝ていたエディにも伝わったようで、不機嫌そうに鼻を鳴らす。

『しまった。サーヤの体温が心地よすぎて、狼にはあるまじきことに熟睡していた』

ガバッと体を起こしたエディは、今にも駆けだしそうな姿勢になる。

「逃げたら承知しませんよ」

鋭い視線を固定したまま、ジリジリと近付いてくるバーンハルドを前に、エディが大きなため息をつく。

王弟である彼にこれほど遠慮のない態度を取れるのは、おそらく彼だけだろう。エディはいつもバーンハルドを邪険にするが、このふたりの間に確かな信頼関係があるのは明白だ。

さすがにエディも観念したようで、臨戦態勢を解く。

『サーヤのせいだ』

「へ？」

エディになじるような目を向けられて、ポカンとする。

『サーヤの歌のせいで、熟睡してしまった。バーンハルドの足音に気付けないとは情けない』

『癒せ』と要求されるまま彼を撫でながら何曲か歌っていたが、熟睡していたのは歌のせいというより寝不足が原因だ。私もだけど……。

「ごめんね、エディ」

昨夜の甘い時間を思い出して、恥ずかしくなる。

彼にだけ聞こえるように耳元で囁くと、フンと鼻を鳴らしてその大きな頭を私の肩口に擦りつけてきた。この行動は、どうやらマーキングらしい。自分の匂いを擦りつけて、この人は俺のものだと主張しているのだとエディが教えてくれた。

それから、互いに食べさせ合うのは愛の給餌行動だとも聞かされて、羞恥に悶えた。

漆黒の毛が肌を掠めるくすぐったさに、身を捩る。

『今夜ももっと癒してくれるなら、この後も退屈な事務仕事に耐えられる』

凛々しい狼の発する言葉とは思えない。

再び昨夜の寝室での出来事を思い出して、頬がぼっと熱くなった。

「団長、狼のくせに鼻の下が伸びてますよ」

呆れ顔で言い放つバーンハルドに、耳まで熱くなる。

『羨ましいだけだろ』

なんとも大人気ないひと言を部下に投げつけると、エディはすくっと立ち上がった。

そのまま、私の頭や頬に鼻を押しつけていく。

何度か繰り返してようやく満足したのか、私から一歩離れると、『はあ』と盛大なため息をつきながらブルリと体を震わせた。

「頑張ってくださいね」

手を振って見送る私に、狼のエディがニヤリとしながら不穏な言葉を放つ。

『頑張るのは、サーヤの方だぞ』

今夜は寝かせてもらえないかもしれないと、密かに覚悟を決めた。

きっと明日もまた寝不足になるに違いないが、かまわない。私も彼を愛しているのだから。

END

特別書き下ろし番外編

王城のアイドル

『サーヤ、今日も歌ってよ』

昼時になって、いつものようにエディと約束をしている中庭を訪れている。彼はまだ来ておらず、先にユキが姿を見せた。

エディと結婚して、早くも二カ月ほどが経ったが、ランチタイムの交流は変わらず続けており、ユキらが来るのもいつものことだ。

「いいわよ」

心地のいい天気に気をよくして早速鼻歌を歌えば、他の動物たちも徐々に集まり始める。

「サーヤ！」

周囲が賑やかになってきた頃、エディがやってきた。森を抜けて足早に近づくと、シートに座る私をギュッと抱きしめてこめかみに口づける。

「お疲れ様」

彼が隣に腰を下ろすと、途端に動物たちが纏わりつくのは見慣れた光景だ。エディはよじ登ってきたウサギの耳元をかいてやりながら、もう片方の手を私の腰に回した。

一緒にランチを食べながらとりとめもない話を楽しんでいると、すっかり寝入っていたユキが唐突に顔を上げて私を凝視する。そのままおもむろに近付いてくると、なんの前触れもなく私のお腹に額を擦りつけてきた。

「ユキ？」

エディもどうかしたのかと、ユキの様子をうかがう。

『サーヤ、中にいるよ』

「え？」

なんのことかと、自身の腹部とユキの間で視線を数回往復させた後に、ある可能性に思い至ってハッとする。

ユキの視線からすると、もしかして赤ちゃんがいると言っているのかもしれない。自身の腹部を見つめても当然なにもわからないけれど、可能性は否定できないと、いろいろと思い出して頬が熱くなる。

それからしばらくして、生理の遅れや体調不良からおそらく妊娠しているだろうと診断された。

ここにはもとの世界にあったエコーなどはなく、検診は王家の侍医が体調や脈拍などから診断するくらいだ。だから、妊娠はおおよそ確定できてもその性別はもちろん生まれるまでわからないのだという。

数カ月が経って安定期に入った頃、ユキは再び意味深な発言をした。

『サーヤ、ふたついるよ』

「ユキ、サーヤの腹には双子が宿っているのか？」

すぐさま反応したエディの問いかけに、ユキのしっぽが大きく揺れる。おそらく、肯定しているのだろう。時折この子は、言葉ではなくしっぽで会話をする。

それにしても普通の猫ではないと思っていたが、本人ですら気付かない事情までわかってしまうなんて、この白猫の正体がますます謎だ。

さらに一カ月が経った頃、お腹の大きさによって多胎の可能性があると診断を受けた時、私もエディも喜びと同時に驚きを隠せなかった。

早速結果をユキに報告したが、見事な塩対応であしらわれることとなる。ユキの予言が当たったと「すごい！」を連呼する私に、白猫は目も合わせないままいかにも興味なさそうにしっぽをゆらゆらと振った。そっけない様子に若干ガックリとしたが、相手は猫だ。そこもまたかわいいと、すぐに気持ちを立て直した。

そこへエディも合流して、いつものように歌いながら過ごしていると、ユキが再び気まぐれに声を発する。

『ひとりと一匹だね』

「ん？」

猫ならではなのか、ユキには物事を懇切丁寧に説明する気はないらしい。意味がわからず、どうにもすっきりしない。

「もしかして、男児と女児が生まれるのか？」

鋭いエディはなにかを察したのか、少々前のめりに尋ねる。

自分より大きな狼に姿を変える彼に対してもユキはマイペースで、あくびをひとつした後に私たちに向けて意味ありげに瞬きをした。

「エディ、どういうことでしょう？」

隣に座るエディに視線を向けると、彼は頭を抱えて「どうしたらいいんだ。俺の子だぞ」となにやらぶつぶつ呟いている。

「エディ？」

心配になって、彼の腕に自身の手を添えて軽く揺すった。

ようやく顔を上げたエディが、いつになく深刻な表情で私を見つめてくるから、いったいどうしたのかと不安になる。

「サーヤ、忘れてないか？　狼の血を引く子だぞ。おそらく男児なら、その性質も受け継がれるのだろう」

驚きに目を見開いて、大きくなった腹部に手を当てた。

つまり男の子なら、エディのように狼に変身するというのか。だからユキは、〝一匹〟だと表現したのかもしれない。

「どうしよう……」

「サーヤ、すまない。子ができた喜びで、すっかり失念していた」

俯いた私の肩を抱き寄せながら、苦しげな声で謝罪をされる。

「え？」

眉間にしわを寄せて、思い詰めたような顔をするエディに困惑を隠せない。

「いくら俺で慣れているとはいえ、自分の腹から獣が生まれるなど怖いよな。でも、お願いだから産んでほしい。育てるのは、ポリーに任せていいから」

「は？」

彼はいったい、なにを言っているのだろうか？

戸惑う私の横で、ユキのしっぽが機嫌よさげに揺れている。

私の思考を遮って、切なげに懇願される。

「もちろん産みますよ！」

そんなの当たり前なのに、さっきからなにを言っているのだろう。

「愛するサーヤとの子を、あきらめられるわけが……って……は？」

優しい手つきではあるものの、勢いよく体を離したエディが、私の表情を探るように見つめる。

「産んで、くれるのか？」

「むしろ、どうしてあきらめるんですか？」

質問に質問で返すと、彼にしては珍しく呆けた顔になった。

そんなエディをよそに、興奮した私の口は止まらない。

「狼の赤ちゃんだなんて、もう絶対かわいいに違いないわ！　もちろん、変身しない女の子だって同じよ。エディに似たら、絶対に美人になる！　やだ、どうしよう。想像しただけで、今からにやけちゃう」

毛の色はやっぱりエディ譲りの黒だろうか。どうせなら、瞳の色もエメラルドを継いでくれたらミニチュア版エディになる。そんなの悶絶《もんぜつ》級にかわいいに決まっている。

女の子の方も、私たちふたりの色をかけ合わせて黒髪に青い瞳というのもミステリアスでいい雰囲気だ。この子も、歌を好きになってくれるだろうか。

　エディの美を邪魔しない程度に、ほんの少しだけでもいいから私に似たところもあるとなお嬉しい。

　うっとりとしながらそんな想像をしているうちに、淑女とはほど遠い緩み切った表情になるが、そんなことおかまいなしに私の妄想は尽きない。

　この中庭で、子どもたちを自由に遊ばせてやりたい。よちよちと歩く幼子と転がるようにして遊ぶ仔狼。なにそれ、私をキュン死にさせる気なの？

「怖く、ないのか？」

「初めての出産だもの。怖くないわけがないです。でも、頑張ったご褒美にかわいいふたりと会えるなんて、なんて幸せなの！」

　毎日のように、「かわいい」を連呼するに違いない。いや、今ですらそうだ。

「早く会いたいね」と、お腹に声をかけていると、隣から遠慮がちに抱きしめられる。

「その……サーヤは怖くないのか？　半獣の子どもを孕《はら》んでいることが」

　気まずいのか、エディは私の首元に顔を埋めてしまった。

「怖い？」

　お腹に宿った子どもたちがどんな姿を取ろうとも、愛するエディの血を引いているのだからかまわない。

「そんなわけありませんよ。大好きなあなたとの子ですよ？　愛しいに決まってます」

「狼に姿を変える子でもか？」

自信なさそうな声になるエディに、彼の抱えている不安をなんとなく察した。だから、それを吹き飛ばすようにさらに明るい声を出す。

「むしろ、大歓迎です。もう絶対にかわいいじゃないですか！　何色の狼になるのか、今から楽しみで仕方ありません」

「楽しみ？」

毛玉のようにころころとした赤ちゃん狼を想像して、再び表情を緩める。

「そうですよ。狼に変身するエディを愛している私が、その子どもを怖がるはずがないですって」

「そうか……。ありがとう、サーヤ」

やっと安堵したのか、エディが軽く私にもたれかかってくる。

それからぽつりぽつりと、自身の幼い頃の話を聞かせてくれた。

エディのお母さんは、自分の産む子が狼に姿を変える可能性が高いとかなり心配していたようだ。自身の出身国内ならなにも不安はないが、嫁いだ先は遠く離れた狼の血を受け継ぐ事情を知らない国。もし息子が生まれて狼に姿を変えたら、夫に気味悪がられてしまうかもしれないと、妊娠中はナーバスになっていたという。

「父上は、俺が狼に姿を変えても平然としていた」

夫である前国王は結婚する時からすべてを承知しており、愛する妃との子の誕生を楽しみにしていた。

驚きはあったのかもしれないが、エリオットやリリーと同じように愛情たっぷりに接してくれたと、エディは小さく微笑んだ。そのおかげで兄弟仲も昔からよかったと、幼少期を思い出しながら語る。

とはいえ母親の動揺は大きくて、エディは生まれてしばらくの間は家族と一部の人間以外とは接触を絶っていたという。

「ポリーは母上が国から連れてきた侍女だ。すべてを知っている彼女が、俺の乳母を務めた」

だからエディは彼女を信頼していたのかと納得した。

「感情のコントロールができるようになった五歳頃に、ようやく外部と接触するようになった」

まだ幼い頃から感情を抑えるなんて、エディはつらい思いをしたのかもしれない。今の彼がこれほど感情豊かでいられるのは、おそらく前国王やエリオットたちが存分に愛情を注いできたからだろう。

大変な思いをしてきただろうエディに、『かわいい』を連呼するなど失礼だったと浮かれた自分を反省する。

「なにも知らずに、軽はずみなことを言ってごめんなさい」

「いや。サーヤが受け入れてくれて、ホッとした」

「エディ……」

肩にもたれている彼の髪にそっと触れると、小さく肩を揺らした。でも、すぐに緊張を解いたのを感じて、遠慮なく撫で続ける。

婚儀で狼流の誓いを立てたエディは、狼化の事実を正式に公表した。

とはいえ、隣国まで噂が広がっていた通り、うすうす感づいていた者も多い。いわば公然の秘密のような状態だったため、すんなりと受け入れられてきた。

騎士団長として体を張ってこの国を守ってきた実績があったからこそ、差別や反発の声がほとんどあがらなかったのだろうと私は思っている。

「エディ。私は今、とても幸せですよ」

私に腕を回したエディが、首筋に自身の額をぐりぐりと擦りつけてきた。

臨月が近付くにつれてすっかり落ち着きを取り戻したエディは、私と一緒に子どもの誕生を心の底から楽しみにしている。

無数の星が瞬く夜、ベッドの上でエディと過ごしていた私を突然陣痛が襲った。そのままお産は一気に進み、翌日の昼までに元気な双子の赤ちゃんが誕生すると、城内はにわかに活気づく。

姉であるストロベリーブロンドの髪と深い青色の瞳を持つ女の子はエイミーと、黒髪に明るいグリーンの瞳を持つ弟をジェラルドと名付けた。

ふたりとも、病気ひとつせずにすくすくと育っている。

ポリーやエディから聞いていたように、ジェラルドはなにか気に食わなくて泣き出すたびに、ぽんっと狼に姿を変える。

初めてそれを目の当たりにした時、泣いている彼には悪いけれど、あまりにかわいくて思わず頬ずりしていた。

その様子をエディが食い入るように見つめていたと、ポリーが教えてくれる。平気そうに見えていたエディだったが、不安は完全にはなくなっていなかったのだろう。

ジェラルドはその髪色のまま、真っ黒な仔狼に姿を変える。幼い頃のエディそのものだと、ポリーはもはや祖母のような心境で目を細めて彼を見つめている。

周囲の反応も、エディやジェラルドを忌避《きひ》するものはまったくない。むしろその逆で、彼らの存在は城内を賑やかにしている。

漆黒の大きな狼がその背中に幼子を乗せ、さらに口には真っ黒な仔狼を咥《くわ》えて城内を闊歩《かっぽ》する姿は、主に城に勤める女性らの間で絶大な人気を集めており、彼女らをいたるところで悶絶させているらしい。その中に時折王妃グロリアが混ざっているようだという公然の秘密は、私の耳までしっかり届いている。

「エディ！」

中庭で待っていると、狼の姿をしたエディが子どもたちを連れてやってきた。もうすぐ二歳になる彼らはそれなりに大きいし重い。けれど、エディにしたらそれくらいなにも問題はないようで、ふたりにせがまれて狼の姿で散歩に連れ出してくれていた。

私の姿に気付いた途端に、咥えられていた狼姿のジェラルドが身を捩りだす。

『こら、おとなしくしろ』

注意も虚しくぽとりと地面に落ちたジェラルドは、素早く受け身をとって転がるように私へ向かってくる。もちろんエディは、ケガをしないように芝生の上で彼を優しく落としてやっていた。

やんちゃ盛りのジェラルドだけれど、まだまだ甘えたいばかりで、一目散に駆けてくると抱っこをせがむ。

「エイミーも！」

自分も負けられないと、エディに乗っていたエイミーが足をバタバタさせながら「早く」と彼を急かす。

『まったく。とんだお転婆だな』

軽く文句を言っているが、ふたりを見つめるエメラルドの瞳はどこまでも優しくて温かい。

座ったまま左手でジェラルドを抱え、右手は次にやってくるエイミーに備える。

ふたりまとめてギュッと抱きしめて頬ずりすると、キャッキャと楽しそうな声をあげた。

ひとしきりそのやり取りを楽しんだ後、ふたりは「お腹がすいた」とポリーが用意してくれたランチに向かっていった。

『サーヤ』

今度は自分の番だとばかりに、真っ黒な鼻先を私に押しつけてくる彼が無性に愛しくて、自ら頬を寄せる。

「エディ、いつもありがとう。これからもずっと一緒にいてね」

彼がいたから、右も左もわからない世界でもこうして私は笑って過ごしていられる。それに、自分と血の繋がった、かけがえのない家族を与えてくれたのもエディだ。

『当然だ。愛してるよ、サーヤ』

ぺろりと頬を舐めたエディは、私の足にもたれるようにして寝そべった。すかさず周りに集まってきた動物たちをしっぽで軽くあしらいながら、いつものように私に要求する。

『歌ってくれよ、サーヤ』

END

あとがき

はじめまして。そうでない方は、あらためましてこんにちは。Ｙａｂｅと申します。

この度は『身代わりとして隣国の王弟殿下に嫁いだら、即バレしたのに処刑どころか溺愛されています』をお手に取っていただき、ありがとうございます。楽しんでいただけたでしょうか。

原作は執筆を始めて間もない頃に書いたもので、力不足で思うように表現できませんでした。いつか手直しをしたいと思っていたところに書籍化のお話をいただき、これはチャンスだと、全編まるまる書き換える勢いで臨みました。

メインテーマは、いかにエディを素敵に見せるか。これに尽きます。

あえて乱雑にセリフを言わせたり、甘えん坊にさせてみたりと、イケメンにやらせてみたい個人的な願望をふんだんに盛り込みました！　ヒロインを自身に置き換えて楽しんでいただけるとよいかと思います（笑）。

表紙のイラストを担当してくださったのは、すがはら竜先生です。サーヤの、困惑しつつ照れている表情が絶妙すぎます！　きりりとした雰囲気のエディも、彼女の前ではデレデレになっているのかと妄想すると、思わずにやけてしまいます。物語をより具体的に想像させるような素敵な絵を描いてくださり、ありがとうございます。

最後になりますが、書籍化に関わってくださったすべての方々に感謝申し上げます。

原稿の直しが締め切りギリギリまでかかり、十分に読み返せていないとっちらかった状態で送りつけられた担当編集様は、さぞ困惑されたに違いありません。送り逃げもいいところです。今さらですが、ごめんなさい。

そんな状態にもかかわらず、編集協力者様とともにところどころに感想をつけてくださり、すごく嬉しかったです。単純なので、調子に乗って新たにどんどん書き足して物語を混迷させた気が……ごめんなさい！

そして、読んでくださった読者の皆様にも感謝申し上げます。

この先エディとサーヤがどうなっていくのか、幸せな未来を想像しながら余韻を楽しんでいただければと思います。

またどこかでお会いできますように。

Yabe《ヤベ》

Yabe 先生への
ファンレターのあて先

〒104-0031
東京都中央区京橋 1-3-1
八重洲口大栄ビル 7F
スターツ出版株式会社　書籍編集部　気付

Yabe 先生

本書へのご意見をお聞かせください

お買い上げいただき、ありがとうございます。
今後の編集の参考にさせていただきますので、
アンケートにお答えいただければ幸いです。

下記 URL または QR コードから
アンケートページへお入りください。
https://www.berrys-cafe.jp/static/etc/bb

身代わりとして隣国の王弟殿下に嫁いだら、即バレしたのに処刑どころか溺愛されています

2022年10月10日　初版第1刷発行

著　者　Yabe

発行人　菊地修一
デザイン　カバー　ナルティス
　　　　フォーマット　hive & co.,ltd.
校　正　株式会社文字工房燦光
編集協力　鈴木希
編　集　野島たまき
発行所　スターツ出版株式会社
〒104-0031
東京都中央区京橋1-3-1　八重洲口大栄ビル7F
TEL　出版マーケティンググループ　03-6202-0386
(ご注文等に関するお問い合わせ)
URL　https://starts-pub.jp/
印刷所　大日本印刷株式会社

Printed in Japan

ISBN 978-4-8137-1336-4　C0193

「双子だと、母体にかかる負担も相当なのだろう。これからは少しでも長くサーヤと一緒にいられるようにして、夫としてサポートする。だから、俺たちの子をあきらめないでくれ」

「ええっと……は？」

理解力と語彙力のなさが災いして、要領を得ない返しになってしまう。

「頼む、サーヤ」

腕にさらに力を込めてくるエディの背に、とりあえず自身の腕を回す。そうしながら、耳にした言葉を脳内でゆっくりと反芻《はんすう》する。

怖い……あきらめる？

「幼いうちは、制御が利かずに感情で姿を変えるだろう。でも、ポリーに任せておけばなんの問題もない。彼女はすべてを把握しているし、俺で慣れているからうまく対処できる」

もしかして、泣くたびに仔《こ》狼に変わっていたとか？

やだ。エディの子どもの頃がそんなにかわいかったなんて、想像しただけで頬が緩む。今度ポリーから詳しく聞いてみよう。

「お願いだから産んでくれ」

ベリーズ文庫 2022年10月発売

『冷徹御曹司は過保護な独占欲で、ママと愛娘を甘やかす』 砂川雨路《すながわあめみち》・著

勤め先の御曹司・豊に片想いしていた明日海は、弟の望が豊の婚約者と駆け落ちしたことへの贖罪として、彼と一夜をともにする。思いがけず妊娠した明日海は姿を消すが、2年後に再会した彼に望を探すための人質として娶られ!? 形だけの夫婦のはずが、豊は明日海と娘を宝物のように守り愛してくれて…。

ISBN 978-4-8137-1331-9／定価704円（本体640円＋税10%）

『激情を抑えない俺様御曹司に、最愛を注がれ身ごもりました』 未華空央《みはなそらお》・著

従姉妹のお見合いの代役をすることになったネイリストの京香。しかし相手の御曹司・透哉は正体を見抜き、女性除けのために婚約者になれと命じてきて…!? 同居生活が始まると透哉は京香の唇を強引に奪い、甘く翻弄する。「今すぐ京香が欲しい」──激しい独占欲を滲ませて迫ってくる彼に、京香は陥落寸前で…。

ISBN 978-4-8137-1332-6／定価715円（本体650円＋税10%）

『冷厳な不動産王の契約激愛婚【極上四天王シリーズ】』 佐倉伊織《さくらいおり》・著

大手不動産会社に勤める里沙は、御曹司で若き不動産王と呼び声が高い総司にプロポーズされ、電撃結婚する。実はふたりの目的は現社長を失脚させること。復讐目的の仮面夫婦のはずが、いつしか総司は里沙に独占欲を抱き、激愛を刻み付けてきて…!?　極上御曹司に溺愛を注がれる、四天王シリーズ第一弾!

ISBN 978-4-8137-1329-6／定価726円（本体660円＋税10%）

『天敵御曹司は政略妻を滾る本能で愛し貫く』 春田《はるた》モカ・著

産まれる前から許嫁だった外科医で御曹司の優弦と結婚することになった世莉。求められているのは優秀な子供を産むことだが、あることから彼の父親へ恨みを抱えており優弦に対しても心を開かないと決めていた。ところが、嫁いだ初日から彼に一途な愛をとめどなく注がれ、抗うことができなくて…!?

ISBN 978-4-8137-1333-3／定価726円（本体660円＋税10%）

『孤高の脳外科医は初恋妻をこの手に堕とす～契約離婚するはずが、容赦なく愛されました～』 水守恵蓮《みずもりえれん》・著

看護師の霞は、彼氏に浮気され傷心中。事情を知った天才脳外科医・霧生に期間限定の契約結婚を提案される。快適に同居生活を送るもひょんなことから彼の秘密を知ってしまい…!?「君には一生僕についてきてもらう」──まさかの結婚無期限延長宣言!　円満離婚するはずが、彼の求愛から逃げられなくて…。

ISBN 978-4-8137-1330-2／定価737円（本体670円＋税10%）

ベリーズ文庫 2022年10月発売

『もふもふ魔獣と平穏に暮らしたいのでコワモテ公爵の求婚はお断りです』 晴日青《はるひあお》・著

「私と結婚してほしい」――魔獣を呼び出した罪で辺境の森に追放された魔女は、自身を討伐に来た騎士団長・グランツに突如プロポーズされる。不遇な人生により感情を失い名前も持たない魔女に「シエル」という名を贈り溺愛するグランツ。彼に献身的な愛を注がれシエルにも温かな感情が芽生えていき…!?

ISBN 978-4-8137-1334-0／定価737円（本体670円＋税10%）

『9度目の人生、聖女を辞めようと思うので敵国皇帝に抱かれます』 朧月《おぼろづき》あき・著

役立たずの聖女として冷遇されているセシリアは、婚約者の王太子を救うため時空魔法を使って時を巻き戻していた。しかし何度やっても上手くいかず、9度目の人生で彼を守る唯一の方法が"不貞を働き聖女を辞すること"だと知る。勇気を振り絞って一夜を過ごした男の正体はなんと敵国の皇帝で…!?　冷酷皇帝になぜだか溺愛される最後の人生がスタート!

ISBN 978-4-8137-1335-7／定価715円（本体650円＋税10%）

『身代わりとして隣国の王弟殿下に嫁いだら、即バレしたのに処刑どころか溺愛されています』 Yabe《やべ》・著

声楽家になるのを夢みるさや香は、ある日交通事故にあい、目覚めると異世界にいた。さらに、ひょんなことから失踪した王女と瓜二つという理由で身代わりとして隣国の王弟殿下・エドワードに嫁がされることに！　拒否できず王女を演じるも、即バレして絶体絶命――と思いきや、なぜか彼に気に入られ!?

ISBN 978-4-8137-1336-4／定価715円（本体650円＋税10%）

ベリーズ文庫 2022年11月発売予定

Now Printing

『金融王の不器用な寵愛～籠の鳥は愛を乞い、天使を身ごもる～【極上四天王シリーズ】』 伊月《いづき》ジュイ・著

親同士が同窓だった縁から、財閥御曹司の慶と結婚した美夕。初恋の彼との新婚生活に淡い期待を抱いていたが、一度も夜を共にしないまま6年が過ぎた。情けで娶られただけなのだと思った美夕は、離婚を宣言！　すると、美夕を守るために秘めていた慶の独占欲が爆発。熱い眼差しで強引に唇を奪われ…!?

ISBN 978-4-8137-1344-9／予価660円（本体600円＋税10%）

Now Printing

『もう恋なんてしないと決めていたのに、冷徹な財閥御曹司に囲い込まれました』 滝井《たきい》みらん・著

石油会社に勤める美鈴は両親を亡くし、幼い弟を一人で育てていた。恋愛にも結婚にも無縁だと思っていた美鈴だったが、借金取りから守ってくれたことをきっかけに憧れていた自社の御曹司・絢斗と同居することに。甘えてはいけないと思うのに、そんな頑なな美鈴の心を彼は甘くゆっくり溶かしていき…。

ISBN 978-4-8137-1345-6／予価660円（本体600円＋税10%）

Now Printing

『交際0日婚～私たち、3年契約で結婚しました～』 田崎《たさき》くるみ・著

恋人に浮気され傷心の野々花は、ひょんなことから同じ病院に務める外科医・理人と急接近する。互いに「家族を安心させるために結婚したい」と願うふたりは結婚することに！　契約夫婦になったはずが、理人を支えようと奮闘する野々花の健気さが彼の愛妻欲に火をつけ、甘く溶かされる日々が始まり…。

ISBN 978-4-8137-1346-3／予価660円（本体600円＋税10%）

Now Printing

『今宵また、私はあなたのものになる』 高田《たかだ》ちさき・著

両親を亡くし叔父家族と暮らす菜摘は、叔父がお金を使い込んだことで倒産の危機にある家業を救うため御曹司・清貴と結婚することになる。お金を融資してもらう代わりに跡継ぎを産むという条件で始まった新婚生活は、予想外に甘い展開に。義務的な体の関係のはずが、初夜からたっぷり愛されていき…！

ISBN 978-4-8137-1347-0／予価660円（本体600円＋税10%）

Now Printing

『エリートパイロットに見初められたのは、恋を知らないシンデレラ』 宝月《ほうづき》なごみ・著

航空整備士の光里は、父に仕事を反対され悩んでいた。実家を出たいと考えていたら、同じ会社のパイロット・鷹矢に契約結婚を提案される。冗談だと思っていたのに、彼は光里の親の前で結婚宣言！　「全力で愛してやる、覚悟しろよ」──甘く迫られる新婚生活で、ウブな光里は心も身体も染め上げられて…。

ISBN 978-4-8137-1348-7／予価660円（本体600円＋税10%）

タイトル、価格等は変更になることがございますのでご了承ください。

ベリーズ文庫 2022年11月発売予定

Now Printing

『二年後の最愛』 宇佐木《うさぎ》・著

OLの春奈は、カフェで出会った御曹司・雄吾に猛アプローチされ付き合い始める。妊娠に気づいた矢先、ある理由から別れて身を隠すことに。密かに双子を育てていたら、二年後に彼と再会してしまい…。「もう離さない」——空白を埋めるように激愛を放つ雄吾に、春奈は抗えなくなって…!?

ISBN 978-4-8137-1349-4／予価660円（本体600円＋税10%）

Now Printing

『捨てられ聖女、敵国で女神になる！～軍人王子の一途愛～』 一《いち》ノ《の》瀬《せ》千《ち》景《かげ》・著

婚約者に裏切られ特殊能力を失った聖女オディーリア。敵国に売られてしまうも、美貌の王子・レナートに拾われ、彼の女避け用のお飾り妻になってしまい…!?　愛なき結婚のはずが、レナートは彼女を大切に扱い、なぜか国民には「女神」と崇められて大人気！　敵国で溺愛される第二の人生がスタートして!?

ISBN 978-4-8137-1350-0／予価660円（本体600円＋税10%）

Now Printing

『死に戻りから解放されたい聖女さまは王太子殿下の寝かしつけ係ルートに入りました』 和泉《いずみ》あや・著

聖女イヴは何者かに殺されることを繰り返し、ついに7度目の人生に突入。ひょんなことから、不眠症を抱える王太子・オルフェと出会い、イヴの癒しの力を買われ「王太子殿下の寝かしつけ係」を拝命することに！　お仕事として頑張りたいのに、彼がベッドの上で甘く囁いてくるので全く集中できなくて…。

ISBN 978-4-8137-1351-7／予価660円（本体600円＋税10%）

タイトル、価格等は変更になることがございますのでご了承ください。